Truman Capote

Answered Prayers

应许的祈祷

〔美〕杜鲁门·卡波蒂——著　向洪全——译

上海译文出版社

Truman Capote

ANSWERED PRAYERS

Copyright © 1987 by Alan U. Schwartz

Introduction copyright © 1987 by Random House，Inc.

Simplified Chinese edition copyright © 2020 by Shanghai Translation Publishing House (STPH)

This translation published by arrangement with Random House，an imprint of The Random House Publishing Group，a division of Random House，Inc.

All rights reserved.

图字：09 - 2009 - 741 号

图书在版编目(CIP)数据

应许的祈祷/(美) 杜鲁门·卡波蒂
(Truman Capote)著；向洪全译. —上海：上海译文
出版社，2020.9
　(卡波蒂作品)
　书名原文：Answered Prayers
　ISBN 978 - 7 - 5327 - 8551 - 3

　Ⅰ.①应… Ⅱ.①杜…②向… Ⅲ.①长篇小说—美
国—现代 Ⅳ.①I712.45

　中国版本图书馆 CIP 数据核字(2020)第 166075 号

应许的祈祷

〔美〕杜鲁门·卡波蒂 著 向洪全 译
策划/冯涛 责任编辑/宋玲 装帧设计/张志全工作室

上海译文出版社有限公司出版、发行
网址：www. yiwen. com. cn
200001 上海福建中路 193 号
山东韵杰文化科技有限公司印刷

开本 850×1168 1/32 印张 7.25 插页 6 字数 100,000
2020 年 11 月第 1 版 2020 年 11 月第 1 次印刷
印数：0,001—5,000 册

ISBN 978 - 7 - 5327 - 8551 - 3/I·5266
定价：62.00 元

"让人流泪更多的是得到应许的祈祷，

而非未应许的祈祷。"

——圣特雷莎

目　录

编者手记

　　1966 年 1 月 5 日，杜鲁门·卡波蒂与兰登书屋签署一部新书合约，拟名《应许的祈祷》，预付版税 25 000 美元，交稿日期：1968 年 1 月 1 日。杜鲁门声言，该小说将是普鲁斯特的杰作《追忆逝水年华》之今日再现，并将一览欧洲及美国东海岸豪富——部分是贵族，部分是咖啡馆社交界名流——的小世界。

　　1966 年的杜鲁门可谓是志得意满。在他签约《应许的祈祷》两个星期后，《冷血》即以书籍形式出版，并为他赢得巨大的声誉和普遍的赞许。随后一周里，作者照片登上几家国家级杂志封面，且在每期的周日书评栏目中，他的新作都风骚独领。那一年时间里，《冷血》销量超过 300 000 册，三十七个星期位列《纽约时报》畅销书榜单。（最终，除两部自助类书籍外，该书 1966 年销售量超过了所有其他非虚构类书籍；时至目前，该作已有外语版本二十多个，并且单在美国，销量就已达约

5 000 000 册。）

这一年里，杜鲁门骤然之间变得无处不在——大量的访谈，无数次现身电视脱口秀节目，在游艇上与豪华乡间别墅中度假——尽享名望与财富之乐。这段令人陶醉的好时光的巅峰是 1966 年 11 月末，他在纽约广场酒店为《华盛顿邮报》出版人凯瑟琳·葛兰姆举办的那场至今仍记忆犹新的"假面舞会"。这家全国性大报对于该舞会报道的篇幅，不亚于报道一次东西方首脑峰会。

杜鲁门觉得自己有理由享受一下这样的放松，他大多数朋友也这样认为；为了创作《冷血》，他花了几近六年时间用于调研与写作，这也成了一段在他心中留下创伤的记忆。不过，尽管心猿意马，他仍时不时在此期间谈起《应许的祈祷》。然而，在随后几年时间里，除了一些短篇和杂志文章，他并未着手这部小说的写作；结果，1969 年 5 月，最初的合同为另一份三本书的协议取代，交稿日期也延至1973 年 1 月，预付版税也大幅度提高。1973 年年中，交稿期限延至 1974 年 1 月；六个月之后，再次延至 1977 年 9月。（后来，1980 年春，稿约最后一次修订，明定 1981 年 3月 1 日交稿，并进一步追加预付版税至 1 000 000 美元——交稿后即刻付酬。）

这几年里，杜鲁门仍出版了几部作品，尽管其大多数内容都写作于 1940 和 1950 年代。1966 年，兰登书屋出版了《圣诞回忆》——最初写于 1958 年；1968 年，《感恩节来客》—— 1967 年发表于某杂志的一个短篇小说；1969 年，《别的声音，别的房间》二十周年纪念版，新写言辞优美的前言一篇——此为他的第一部小说，1948 年的成名之作；1973 年，一个集子：《犬吠》——一共就三篇文章，且是多年前旧作。唯独《致变色龙的音乐》里面有新的内容，包括小说和非虚构作品。该书定于 1980 年出版，一些人——包括他的朋友和评论家——觉得赶不上他前期的作品。

且听听杜鲁门自己谈一谈他这一时期的情况吧。在《致变色龙的音乐》前言里，他写道：

四年中，大致从 1968 年到 1972 年，我大部分时间都在阅读、挑选、改写和编目 1943 年至 1965 年期间我自己的书信、日记和日志，以及他人的书信（其中有数以百计的有关场景与谈话的详细记述）。我原有意将其中相当部分的材料用在一部计划已久的书中：一种非虚构小说的变体。我将这部书命名为《应许的祈祷》——书名来自圣特雷莎①的一句话："让人流泪更多的是得到应许的祈祷，而非未应许的祈祷。"1972年，我开始该书的写作，首先从最末一章着手（知晓故事的走向往往让人心里踏实）。然后，我写了第一章"原姿原态的怪物"。然后第五章"严重有辱智商"。然后第七章"巴斯克海岸餐厅"。我继续以这样的方式随机写作不同的章节。之所以我能做到这一点，是因为整个故事情节——或者更准确地说，这一段段的情节——都是真实的，所有的人物也都属实：记住所有这一切并不难，因为我不曾有任何的编造。

最后，1974年末和1975年初的几个月里，杜鲁门给我看了《应许的祈祷》的四章——"莫哈韦沙漠"②、"巴斯克海岸餐厅"、"原姿原态的怪物"和"凯特·麦克劳

---

① 原文为 "Saint Thérèse"，同时页脚有一注释："A mistake, probably on the part of Random House; it was actually St. Teresa of Avila."——大意说很可能是兰登书屋排版错误，说此话者实为西班牙阿维拉的 St. Teresa，而非 Saint Thérèse。
② 原注："莫哈韦沙漠"最初设计为小说的第二章，表面上讲述的是关于其主人公 P·B·琼斯（某种意义上作者本人隐秘内心的化身）打算写一篇短篇小说的故事。但一些年后，杜鲁门决定不将其用作该书的一章，于是作为一个短篇，收录发表在《致变色龙的音乐》里面。

德"——并宣布打算将它们发表在《时尚先生》上。我对这计划表示反对，因为我担心他会过早透露这部作品太多的内容。但自以为是宣传专家的杜鲁门却不予理会。（要是同为作者的朋友和知己的本内特·瑟夫还在世——他已于1971年去世——或许我们合力表示反对还能劝说住杜鲁门，虽然我仍对此表示怀疑；他觉得很清楚自己在做什么。）

结果证明，他并不清楚自己在做什么。"莫哈韦沙漠"一章首先面世，并引来了一些议论；然后第二篇，《巴斯克海岸餐厅》却引爆了一颗炸弹，在杜鲁门打算刻画的那个小圈子中引起了轩然大波。几乎他在这世界上所有的朋友都因为他几乎毫无掩饰的披露隐私而与之绝交，其中很多人再没跟他说过一句话。

杜鲁门公开声称，自己不会为这样的愤怒吓倒（"他们指望如何？"有人曾听他说，"我是一名作家，什么我都拿来作为素材。难道所有那帮人都以为，我与他们为伍仅仅就是为了取悦他们？"），不过显然，他被这样的反应给镇住了。我确信，1976年在《时尚先生》发表"原姿原态的怪物"和"凯特·麦克劳德"之后，显然他至少是暂时停止了《应许的祈祷》的写作，这即是其中原因之一。

自 1960 年我们初次晤面到 1977 年，杜鲁门和我经常见面，无论是在办公室还是工作之余。他写作《冷血》的时候，我们一同两度去堪萨斯州旅行，并曾去新墨西哥州首府圣达菲待过一个星期。冬天的时候，我还去加州棕榈泉拜访过他三四次——有几年时间，他在那地方拥有一套别墅；此外，他在长岛东岸近海一个叫萨加波纳克的小型农业区拥有一套别墅，我碰巧也在那里租过一套房。

从专业的角度讲，这期间我为杜鲁门做的工作并不算难。（比如，《冷血》的编辑工作基本上全由肖恩先生和《纽约客》其他同仁经手——《冷血》最初分四期于 1965 年 10 月至 11 月刊载于该杂志。）不过，我们的合作仍大有裨益。回想起 1975 年的一个下午，杜鲁门给我读"原姿原态的怪物"一章的情形时，我仍是由衷的高兴。我用一个晚上看完了该章，发现除一处小注释有误外，它几乎是完美无瑕。第二天早上他打电话来问我的意见，我振奋无比，不过同时也提出了自己吹毛求疵的一点意见——读者初见维多利亚·塞尔夫小姐仅半页之处，她在对话中使用的一个词。"她不可能用那个词，"我告诉杜鲁门说；"她可能说的是……"（我忘了自己建议的替代词语）杜鲁门开心地大笑。"我昨晚重读了一遍这章，"他说，"唯有一处我想改一改。我这会儿给你电话，正是要告诉你把那地方改为你刚才建议的那个词。"鉴于作者与编辑这一特殊关系，如此的互相赞许实属罕见。这并非自我陶醉；而是我们为彼此所取悦。

我在这里再次引用杜鲁门《致变色龙的音乐》前言里的接后几行文字吧：

……1977 年 9 月，我的确停止了《应许的祈祷》的写作。不过，这与该作已发表选篇所引发的公众反应并无关系。我中止写作，是因为自己陷入了一大堆的麻烦之中：同一时间里遭遇到创作危机和个人危机。鉴于后者跟前者并无关系，或关系甚微，所以在此仅需谈谈创作方面的紊乱。

此时此刻，虽然这是场折磨，我却很高兴发生了这样的事情；毕竟，这件事彻底改变了我对于写作的领悟，我对于生活与艺术及其二者平衡关系的态度，以及我对于何为真实与何为真正的真实之间异同的理解。

首先，我觉得大多数的作家，甚至是最优秀的作家，都存在写得太多的问题。我倾向于少写。简明，清澈，如一条乡间小溪。但我感觉自己过去的写作越来越过于厚重，我常常花三页纸的篇幅才取得仅需一段文字就能达到的效果。我一次又一次地阅读已写就的《应许的祈祷》的所有篇章，我开始疑惑丛生——并非是怀疑写作的材料或我的写作方法，而是文字本身的质感。我重读《冷血》，也是这同样的反应：其中太多的地方，我都未尽自己所能，没能将其潜势完全传递出来。慢慢地，但带着越来越急迫的警觉，我读完了自己曾发表过的每一个文字，这时我确定，在我写作生涯中，我从不曾——一次也没有过——将材料所蕴含的能量及其令人震颤的美淋漓尽致地释放出来。甚至就算是不错的文章，我发现自己写作才能的发挥也从不曾超过一半，有时仅只三分之一。为什么呢？

数个月的冥思所得出的答案简单却并不十分令人满意。无疑，这并不能让我的沮丧减轻一分；相反，却是加重了这种沮丧。因为，这答案引出来了一个显然无法解决的问题。如果我不能解决此问题，我也就可以放弃写作了。这个问题便是：一个作家，如何才能成功地在某个单一形式中——譬如短篇小说——融汇他所掌握的所有其他写作形式？因为，这就是为什么我的作品常常亮度不足的原因；电压在那里，我却将自己围于当下我正运用的那一种文体形式的相应技巧，而非充分运用自己所掌握的各式写作技巧——所有那些我从电影脚本、戏剧、报告文学、诗歌、短篇小说、中篇小说、长篇小说中学来的技巧。一个作家理应在同一块调色板上，综合调制他力之能及的所有色彩、所有才华（而且，在合适的情况下，对它们同时加以运用）。但何以做到这一点呢？

我又回到《应许的祈祷》的创作中。我去除一章①，改写另外两章。②我取得了改善，确确实实的改善。然而事实却是，我不得不回到幼儿园去。于此，我再次押下一个令人憎恶的赌注！不过我却非常兴奋；我感觉有一个看不见的太阳在我头顶照耀。只是，我初始的这些实验还显得笨拙。我真切地感觉自己就像一个手里拿着一盒彩色蜡笔的小孩。

---

① "莫哈韦沙漠"。
② 关于本书的三个篇章，只找到发表于《时尚先生》上的版本。

遗憾的是，上面两个摘录片段中，杜鲁门所说的一些东西却不能照单全收。例如，在作者死后，尽管他的律师与文学遗嘱执行人艾伦·施瓦茨、他的传记作者杰拉尔德·克拉克以及我本人彻底清理过他所有的财物，但他所提及的信件、日记或是日志，几乎一件也不曾见着。①（这尤其能证明他撒谎，因为杜鲁门是个敛物狂；他几乎什么东西都会保存下来，也没缘由会毁掉这些文件资料。）此外，关于《严重有辱智商》，或者他在前言中宣称首先写就的该书最后一章，也没见任何证据。（最后一章题名"神父弗拉纳根之通宵黑鬼娘娘洁食咖啡馆"；另外的篇章，他在跟我和别的人交谈中时不时提及的其他章节还有"游艇及其他"和关于好莱坞的一章"奥德丽·怀尔德唱歌了"。）

　　1976 年之后，杜鲁门与我的关系逐渐恶化。我隐约感觉，这始于他意识到我不赞成他在《时尚先生》上分次发表

---

① 所发现的资料——足够装八大纸箱——由杰拉尔德·克拉克和编者，于 1984 年和 1985 年间，一页页筛选，并大致进行了编目。这些资料包括几个短篇及长篇的最初手稿，以及打印一稿、二稿和三稿；作者修订的关于《冷血》的《纽约客》杂志校样；许多的剪报；记录有关《冷血》里面人物的访谈的一些笔记本；发表过他的文章或小说的其他一些杂志（《时尚先生》、《红皮书》、《窈窕淑女》、《时尚麦考尔》）；六七封书信——以及几页关于《应许的祈祷》的早期笔记。1985 年，所有这些资料由卡波蒂遗产委员会捐赠给了纽约公共图书馆。如今，研究者可以在纽约市四十二大街中心研究图书馆的特藏与手稿部看到这些东西。

那些文章是对的，尽管我自然是从不曾指责过他。他也可能是意识到自己写作才能的衰竭，又害怕我的评判会太过严厉。此外，他肯定也为《应许的祈祷》进展缓慢而感到内疚和紧张不安。最后的几年里，在关于这部小说进展的问题上，他似乎着意在糊弄我和其他好友，而且甚至包括一般公众；至少有两次他对访谈者宣称刚刚完成书稿，并已交由兰登书屋，六个月内便将出版。之后，我们的公关部和我就会接到铺天盖地的电话。对于这些电话，我们只能回答说还没见着书稿。很显然，杜鲁门肯定是焦灼万分了。

侵蚀我们关系的最后一个因素是1977年以来，杜鲁门越来越依赖于酒精和毒品。如今，我终于意识到，那时我本应对他所处的困境给予更多的同情；可是，我却只看到才华如何被浪费，看到他自欺欺人的行为，看到无尽的散漫与混乱，看到他常常凌晨一点打电话来是如何的不可理喻——最根本的是，我自私地为自己失去了这位诙谐、喜欢恶作剧、十六年来一直相处愉快的同伴而深感懊丧，却对于他日益加重的痛苦少有关切。

关于《应许的祈祷》丢失的三章有三种推测。第一种推测是，手稿已经完成，要么是藏于某处的保险箱里，要么是被某位前任恋人出于恶意或为求谋利而握在手中，或者甚至是——最近有传言——杜鲁门将手稿放在了洛杉矶灰狗公共汽车站的一个储物柜里。但随着时间一天天过去，这些脚本也益愈显得不足为信。

第二种推测是，1979年《凯特·麦克劳德》发表后，这本书杜鲁门压根儿没再写一行字，部分也许是因为他被公众——以及私人朋友——对于那些章节的反应所击垮，部分也许是因为他逐渐意识到自己永远不可能企及当初为自己设定的普鲁斯特水准。这一说法最具说服力，其理由至少有一点：杰克·邓菲——杜鲁门最好的朋友、三十多年的伙伴——也这么认为。不过，杜鲁门极少跟杰克讨论他的作品。而且最后一些年里，他们更多时间是各行其是，很少在一起。

第三种推测——对此，我有保留地持赞同意见——杜鲁门实际上的确写了至少上面所提及篇章的部分内容（很可能是"严重有辱智商"和"神父弗拉纳根之通宵黑鬼娘娘洁食咖啡馆"），但在1980年代初期的某个时刻，故意又把它们毁了。对这一说法有利的是，至少有四位杜鲁门的朋友声称读过（或听作者向他们朗读过）本书中三章之外的一章或两章。当然，他也曾让我确信还有更多的手稿存在；在他生命的最后六年里——当时他因为毒品或酒精或者二者兼而有之，常常几近于思维混乱，语无伦次——他在午餐时无数次和我极其详细地谈起四个丢失章目里的内容。讨论之细致，甚至于他每每引用的同一人物对白总是一字不差，尽管我们的讨论会相隔数月甚至数年之久。事情通常都是这样一个套路：当我问他讨要我们所讨论的篇章时，他会答应说隔天就寄来。到这天天黑，我给他打电话，杜鲁门又总说正重新打印，周一就寄过来；到周一下午，他的电话再无人接听，而且他也会消失一个星期或是更长时间。

我赞同这第三种推测，并非是因为我不愿意承认自己轻信受骗，而更是因为杜鲁门对那些篇章的描述太其说服力。当然，有可能那些文句不过是存在于他大脑中，但我们很难相信，在某个时节，他不曾在纸上将这些文字写下来。他对于自己的作品相当自得，但同时也超乎常人地客观。因此，我怀疑在某个时候，他将本书三章之外的所有文字内容彻底毁尸灭迹了。

唯一知道事情真相的，只有一个人，而他已经死了。愿上帝保佑他。

——约瑟夫·M·福克斯

第一篇
原姿原态的怪物

在这世界的某个角落，有一位很特别的哲学家，名叫弗洛丽·罗汤多。

前几天，我偶然读到她发表在某学童杂志上的其中一则沉思录。它这样写道：如果有机会，我要去到我们星球——地球的中心，去寻觅铀、红宝石和黄金。我要去寻找原姿原态的怪物。然后，我会搬到乡下去。弗洛丽·罗汤多，八岁。

弗洛丽，宝贝，我知道你真正想说什么——尽管你自己并不明白：你才八岁，又如何可能明白呢？

因为我就曾涉身我们星球的中心；至少，我也曾遭遇这样一番旅程中在所难免的磨难艰辛。我曾寻找过铀、红宝石、黄金。一路上，也见着其他的人在追寻这些东西。跟你说吧，弗洛丽——我见到过原姿原态的怪物！也见过被作践了的怪物。不过，原生态的品种却属稀珍中的上品：犹如白色松露较之黑色松露；苦味野生芦笋之于人工种植。就差我没搬乡下去了。

实话实说，我正把这些话写在曼哈顿一家基督教青年会有官方抬头的信笺纸上。上个月，我一直寄身在这家青年会二楼一个看不见风景的小单间里。我更喜欢六楼——这样，如果我决定爬出窗外，就会产生一个重大的影响。也许我会换个房间。楼上的。也可能不换。我是个懦夫。但也不至于怯懦到会纵身一跳。

我叫P·B·琼斯。我有些犹豫——是现在就把我的一些情况告诉你，还是等一等，待将这些信息编织成一篇故事再说。我也大可什么都不告诉你，或只告诉你一些只言片语，因为我自认在这事件里面，我只是一个记录员，而非参与者，至少不是里面重要的角色。不过，或许从我自己谈起，会来得容易一些。

我说过，我名叫P·B·琼斯；三十五或是三十六岁：具体不清楚，因为没人知道我出生于何时，父母是谁。我们唯一知道的是，我婴儿时被人遗弃在圣路易斯歌舞剧院的楼座里。这是1936年1月20日的事。天主教会的修女们将我在一家孤儿院里养大。孤儿院由红色的石头砌成，显得简朴而峻严，高踞一道堤坝上方，堤坝的下方是密西西比河。

我深得修女们的宠爱，因为我不仅聪明，而且帅气；她们从没意识到我心机是如何的深，如何的善于伪装，或是我何其鄙视她们的枯燥乏味，她们身上那气味：熏香与洗碗水味，蜡烛与杂酚油味，还有白色汗渍的味道。其中一位修女，玛莎修女，是我特别喜欢的一位，她教英语的，对我的写作天赋深信不疑，这使得我也深信自己具有这方面才华。然而尽管如此，我离开孤儿院时是逃走的，一张纸条也没给她留下，并且再没跟她联系过：我麻木、机会主义天性的典型表现。

我遇车搭车，漫无目的，一个开白色凯迪拉克敞篷车的男人捎我上了车。这是个身形魁梧的伙计，破鼻子，红通通一张满是雀斑的爱尔兰脸。你决不会把他当成同性恋。但他就是。他问我去什么地方，我只是耸耸肩；他想知道我多大了——我说十八，虽然事实上我还年少三岁。他咧嘴一笑，说："唔，我可没想败坏了一个小孩子的道德。"

好像我真有道德似的。

接着他语气严肃地说："你长相蛮好看的。"一点不假：我偏矮了一点，五英尺七（最终高度五英尺八），不过很结实，身材匀称，褐金色卷发，一双棕眼睛泛着绿莹莹的光，脸庞轮廓尤其分明；在镜子里端详自己常常给我安慰。因此，当内德俯冲出击时，他以为逮着了一个处子。嘀嘀！我老早年纪就开始啦，差不多七八岁吧，我已阅遍各色人等，包括好些年龄稍长的男生，几名牧师，还有一个帅气的黑人园丁。事实上，我差不多就是一个巧克力糖妓男——为一块五美分的巧克力，我也会来者不拒。

虽然跟内德生活了几个月时间，我仍记不得他姓什么。埃姆斯？他是迈阿密海滩市一家大型宾馆——就是那种冰激凌色的犹太人场所，取了个法语名字——里的首席按摩师。内德教给了我这项手艺。离开他之后，我在迈阿密海滩市各家宾馆做按摩师，谋得一条生路。同时，我也有许多的私人客户，男女都有，我给他们做按摩，教他们做形体与面部训练——虽然面部训练纯粹就是扯淡；唯一有效的一项训练就是口交。不是开玩笑，没有比这更锻炼下颌肌肉的了。

在我的协助下，艾格尼丝·比尔鲍姆卓有成效地改观了她的面部轮廓。比尔鲍姆太太是一位底特律牙医的遗孀，牙医退休后刚迁居到洛德代尔堡，就遇上致命的冠状动脉性心脏病。她不算富有，不过钱还是有的——附带还有背痛病。正是为缓解这些脊柱痉挛，我首次走进她的生活，并一直逗留其中，直到我的正常收费加上赏钱累计超过一万美元为止。

想想那时候我就应该搬乡下去了。

但我登上一辆灰狗大巴，一张车票带我来到纽约。我带了一个箱子，里面装的东西很少——只有内衣，几件衬衫，一个盥洗包和无数的笔记本，笔记本里是我胡乱记下的诗和几篇小故事。我当时十八岁，时间是十月。我乘坐的汽车穿越腐臭的新泽西州湿地，向曼哈顿驶去，我至今还记得十月的曼哈顿那熠熠的辉光。我曾经崇拜的偶像、如今已矣淡忘的托马斯·沃尔斯可能会这样写道："呵，那一道道窗户都承载着怎样的期许啊！——秋日西沉的落霞，涟漪荡漾，燃烧着冰凉的火光。"

在那之后，我曾爱上过好些城市，但却只有持续一个小时的高潮时刻方能超过我在纽约第一年的无上快乐。不幸的是，我决定结婚了。

也许，我想娶老婆的目的，实则是意在这座城市本身、我在那里的幸福，还有我注定会取得名望与财富的预感。老天呀，我娶的却是个女孩。这冷血的女斗士，鱼肚白的一张脸，黄头发用一根绳子绑着，鸡蛋样的一对丁香眼。她是我在哥伦比亚大学的一位同学，我曾报名参加该校的一个写作班，老师玛莎·福利是《故事》杂志的创始人和编辑之一。我之所以喜欢赫尔嘉（不错，我知道弗兰纳丽·奥康纳给她一位女主人公取名赫尔嘉，但我没有剽窃；纯粹只是巧合），是因为她听我大声朗读我的作品，从来不会有厌倦。大多时候，我故事的内容都与我的性格相反——也即是说，这些故事都很温柔忧郁；但赫尔嘉却觉得很美，而且每次一篇故事听完，她那双硕大的丁香眼常常泪水盈盈，涓涓满面，让人好不满足。

我们结婚没多久，我便清楚地发觉为什么她眼神那般娴静，一副傻乎乎的样子了。她本来就是傻子一个。或者说跟傻子简直没区别。她脑子里确实是少根弦。一面是一本正经，笨拙，老好人的赫尔嘉，一面又挑剔无比，洁癖到矫揉造作——一个婆婆妈妈的家庭主妇。一直到圣诞节，她都压根儿没意识到我对于她的真正感觉。当时她父母来看我们：一对瑞典的野蛮人，从明尼苏达州过来，体形庞大，几乎是他们女儿的两倍。赫尔嘉买了一棵类似洛克菲勒中心的那种圣诞树：从地板一直伸到天花板，从左面墙伸到右面墙——这该死的东西把空气里的氧气都吸光了。瞧瞧她为了这棵树的这通瞎忙活，瞧瞧她在这伍尔沃斯超市狗屎上浪费的钱！我正好又讨厌圣诞节，因为——如果你不介意这伤怀的一点说明——当我在密苏里州的孤儿院时，它常常意味着一年中最让人伤心绝望的时刻。因此，平安夜的晚上，就在前来共度圣诞佳节的赫尔嘉父母预计到达前的数分钟，我突然失控：我将圣诞树捣毁，伴着短路的火光和灯泡的碎裂声，将它一块块扔出窗外——整个过程中，赫尔嘉嚎叫如一头喉咙快被切断的猪。（注意了，学文学的同学！头韵——赫……嚎……喉……注意到没？——是我最不值一提的恶癖。①）同时告诉了她我对她的看法——平生第一次，那双眼睛失去了它白痴般的纯净。

正当此时，两个明尼苏达巨人——妈妈和爸爸抵达：怒嚎如嗜杀成性的曲棍球队员——这就是他们的反应。赫尔嘉一家子将我夹在中间，踢过来踢过去——在我昏过去之前，他们已打断了我的五根肋骨，打碎了一根胫骨，眼睛双双被打青。然后，很显然，两个巨人收拾收拾，领着他们的孩子回家去了。我再没得到赫尔嘉任何只言片语的音信，尽管这么多年过去了；不过，就我所知，时至现在，我们仍有着法定关系。

你知晓"杀人果"这个词吗？指的是某类用氟利昂来冷

---

① 一般来说，英语散文写作中应尽量避免过多的头韵，否则会给人打油诗之感。

却血液的谬种。迪亚吉列夫，比如说。约翰·埃德加·胡佛。哈德里安。我不是要拿下面的这个人跟那些声名显赫的人比较，不过我所想到的此人名叫特纳·博特赖特——他的侍臣们都叫他博帝。

博特赖特先生是一本发表"高品质"作家作品的妇女时尚杂志的小说编辑。他引起我的注意，或更准确地说我引起他的注意，是有一天他给我们写作班讲课的时候。我坐在前排。他一双眼睛冷飕飕尽往人家裆部看。从他万有引力似的老在我身上打转的眼神判断，我就知道他那灰白卷毛的漂亮脑袋里盘旋着怎样的念头。爱看看去吧，不过我决不会让他有任何可乘之机的。下课后，学生们都围在他周围。不包括我；我没等引荐就走了。一个月过去了。这期间我将自认为最好的两篇小说打磨出来：《日光浴》——关于迈阿密海滩市海滨妓男的故事，和《按摩》——有关一位牙医遗孀摇尾乞怜般地爱上一个少年按摩师的屈辱故事。

稿件在手，我前去叩见博特赖特先生——没有预约；我直接来到杂志社，请前台告诉博特赖特先生，福利小姐的一位学生前来拜见他。我肯定他会知道是谁。但当我最终被引进他办公室里时，他却装着记不得我。我并不傻。

办公室没有一点办公场所的样子；房间陈设像一个维多利亚风格的起居室。博特赖特先生坐在一把藤编摇椅里，旁边是一张用作办公桌的小桌子，桌上盖着一条披肩一样的流苏台布；桌子的对面也摆放着一把摇椅。编辑困乏地扬扬手——以掩饰他眼镜蛇般的机警——示意我对面就座（他自己那张椅子上，我后来发现，有一个小靠枕，上面绣着两个字：妈妈）。虽然此时已是热咝咝的春日，但厚重的天鹅绒窗帘——我想那色调应该是暗红色——仍然拉着；唯一的光源来自一对书桌台灯，其中一只灯罩深红色，另一只绿色。真有趣，这位博特赖特先生的巢穴；明显管理方对于他相当放任。

"嗯，琼斯先生？"

我向他解释此行的目的，说在哥大他的讲座给我留下了深刻印象，为他乐意提携年轻作者的真诚所感动，并宣称自己带来了两个短篇故事，想请他过目。

他语气尖刻至极，让人胆寒："可为什么你决定要亲自送来呢？通常的方式都是邮件寄送嘛。"

我微微一笑，一种迷人的暗示的微笑；事实上，我的微笑通常都被理解为这样一种暗示。"我怕您永远也不会看它们。一个名不见经传的作者，又没经纪人？我想这样的文章到您手上的该不会太多。"

"会的，如果它们出色的话。我的助手——肖小姐——是一位非常出色、非常有鉴赏力的读者。你多大了？"

"到 8 月份就 20 岁了。"

"你认为自己是天才么？"

"我不知道。"这是假话；我确信自己是个天才。"所以才来到这里。想听听您的意见。"

"我得说：你很雄心勃勃。或者纯粹就是急于求成？你什么人呀，犹太佬？"

我的回答没有为自己增添什么光彩；虽然相对来说我算是不自哀自怜的了（噢，我心存怀疑），但我从来不觉得利用自己身世背景博取同情加分有何不可。"有可能。我在孤儿院长大。我从不知道自己父母是谁。"

尽管这样，这位绅士的确精准地踢中了我的痛处。他抓住了我的软肋；我却不再那么有把握能制得了他。那时候，我已对机械性的恶习有了免疫力——极少抽烟，从不喝酒。可此时，未经允许，我却从旁边一个龟甲烟盒里挑出来一支香烟；点烟时，火柴盒里的火柴轰地全炸开了。我手里喷出一小团篝火一样的火焰。我跳了起来，紧捏着自己的手，嘴里直哼哼。

接待我的这位主人却只是冷冷地指了指掉落在地，仍在燃烧的火柴。他说："小心啦。把火踩灭。你会毁了地毯的。"接着又说："过来。给我看看你的手。"

他嘴唇张开。慢慢的，他的嘴将我的食指——也就是灼烧最厉害的那个指头——含了进去。他将那根指头猛地直插入他口腔深处，然后就在它快要拔出的时候，又猛地被插了进去——犹似猎手吮吸伤口里的蛇毒。他停住后问道："怎么样，好些了吗？"

跷跷板已一边翘；掌控权已移交，或者我愚蠢地如此认为。

"好多了；谢谢。"

"很好，"他说，一面起身去闩办公室的门。"现在，我们应该继续进行治疗。"

不，事情并非如此简单。博帝这人很难对付；如果必要，他宁愿是为自己的快感支付金钱，但他从不发表我的任何文章。关于我最初给他那两篇文章，他说："文章写得不好。通常来说，任何像你这样才智有限的人，我都从不会鼓励的。那将会是一个人所能犯下的最残忍的行为——鼓励别人相信他拥有实际并不存在的才能。不过呢，你的确有某种语感。人物刻画方面的感觉。在这方面或许能有所突破。如果你愿意冒这个险，这个可能毁了你一生的险，我会帮你的。不过我并不建议你这样做。"

我真希望自己听从了他的建议。我真希望那时我当即就搬到乡下去了。然而太迟了，我已经踏上了通往地心的旅程。

纸写完啦。我想先去冲个澡。完了之后，我就搬到六楼去。

我已经搬到六楼了。

然而，我的窗户紧贴着隔壁大楼，即便是真一脚跨出窗台，也不过是脑袋撞个包。我们这地方正值九月热浪袭人，我房间小，天气又那么热，我不得不白天夜里都敞开房门。这可不是件好事，因为在大多数基督教男青年会里，过道里都是些情欲炽盛的基督教徒，穿着拖鞋的脚踩出低低的脚步声；如果你开着门，往往就会被看作是一种邀请。但我不是这意思，不是的先生。

那天，我开始写这个时，我拿不定主意是否继续。可是，我刚刚从杂货店回来，买了一盒黑翼牌铅笔、一个削笔刀，还有半打厚实的笔记簿。再说我别的也没啥好干的。除非是找份工作。只是，我不知道要找什么样的工作——除非是重回按摩业。其他我也没啥太合适的。而且，老实说吧，如果将大多数人改名换姓，我还可以作为小说拿去发表。更何况，我也没啥好损失的；当然，有几个人可能想宰了我，不过我倒觉得那是一种恩惠了。

在我投过二十余份稿件后，博帝到底是收下了一篇。他将小说剔得只剩下骨头，半是自己重写了一遍。不过无论如何，我终于是见印了。《莫顿记怀》，P·B·琼斯著。小说讲的是一个修女跟一位名叫莫顿的黑人园丁间的爱情故事（同是这位园丁，曾和我有过一段恋情）。小说引起了人们的注意，并在那一年的《美国最佳短篇小说》上重印；更重要的是，它被博帝的朋友爱丽丝·李·朗曼小姐注意到了。

博帝在市内拥有一处宽敞的褐砂石洋房，在80号大街上街的东头。房屋内部装饰是对他办公室的一种夸张复制，一锅深红色的维多利亚风大杂烩：缀珠帘和玻璃罩下愁眉苦脸的猫头鹰标本。如此格调的宿营地——如今已过时——在当时真是有趣得很，而且极其的不多见。博帝的客厅是曼哈顿最门庭若市的社交中心之一。

在那里，我遇着了让·科克托——一束行走的激光，纽扣孔里插一枝铃兰花；他问我是否有文身，我说没有，他聪慧过度的双眼顿时黯然失色，目光滑向别处。玛莲娜·迪特里茜与葛丽泰·嘉宝偶尔也会来博帝家，后者通常有塞西尔·比顿伴陪。塞西尔·比顿为博帝的杂志拍我的肖像照时，我曾见过他（无意曾听见两人的对话：比顿，"人年纪大了最沮丧的一个事实是，我发现自己私处越来越缩小了。"嘉宝悲戚地顿了一下，"唉，我要是能这样说就好啦。"）。

说真的，在博帝家中，你能遇着数不胜数的各路名流，有从玛莎·葛兰姆到吉普赛·罗斯·李的各色演员，这些珠光宝气的明星周围还散缀着一大群的画家（帕维尔·切利乔夫、保罗·卡德姆斯、拉里·里弗斯、安迪·沃霍尔、罗伯特·劳森伯格），作曲家（伦纳德·伯恩斯坦、亚伦·科普兰、本杰明·布里顿、塞缪尔·巴伯、马克·布利茨坦、大卫·戴蒙德、吉安·卡洛·梅诺蒂），当然最多的还是作家（威斯坦·休·奥登、克里斯托弗·伊舍伍德、格伦韦·韦斯科特、诺曼·梅勒、田纳西·威廉斯、威廉·斯泰伦、凯瑟琳·安·波特，并且有几次，他在纽约的时候，家里还有迷恋洛丽塔的威廉·福克纳——此人常常是神情凝重，举止庄严，心头压着两重的重负：一厢要惴惴不安地摆出上流社会的举止，一厢又在杰克丹尼威士忌带来的宿醉中挣扎）。此外，还有博帝认为是美国头号女作家的爱丽丝·李·朗曼。

对于所有这些人——对于其中还活着的人来说，到现在，肯定没人还对我有多少记忆了。若是还有一丁点记得的话。当然，博帝本应该是还会记得我的，虽然并非是愉快的记忆（我完全能想象他会说什么："P·B·琼斯啊？那贱人。肯定正在摩洛哥马拉喀什的露天剧场，向阿拉伯同志老头兜售他的屁眼。"）；然而博帝不在了，在他那赤褐色的家中，被一个因吸食海洛因而发狂的波多黎各妓女殴打致死。他两只眼珠被挖了出来，悬荡在脸上。

爱丽丝·李·朗曼则是去年去世的。

《纽约时报》在头版刊登了她的讣告，并配以1927年阿诺德·根特在柏林为之拍摄的那张闻名遐迩的照片。具有创造天才的女性往往都上不得台面。瞧瞧玛丽·麦卡锡吧！——这个频频被宣传成一个大美人的女人。不过，爱丽丝·李·朗曼却是我们这个世纪里天鹅中的天鹅，与下面一干人等都是旗鼓相当：克莱奥·德·梅罗德，卡萨莫里侯爵太太，葛丽泰·嘉宝，芭芭拉·库欣·佩利，温德姆三姊妹，戴安娜·达夫·库珀，丽娜·霍恩，理查德·芬诺奇奥(一个异装癖男人，自称是哈露)，格洛丽亚·吉尼斯，玛雅·普丽赛茨卡娅，玛丽莲·梦露，以及最后一位——无与伦比的凯特·麦克劳德。还有几个外形俏丽的女同才女：科莱特，格特鲁德·斯泰因，薇拉·凯瑟，艾薇·康普顿-伯内特，卡森·麦卡勒斯，婕恩·鲍尔斯；此外，还有截然不同的另一类别：十二分漂亮的可人儿，埃莉诺·克拉克与凯瑟琳·安·波特都堪当其名。

爱丽丝·李·朗曼是一个完美化了的存在，一位经过彩釉绘饰的女士，有着明显的雌雄同体特征，这种模棱两可的性特质在某些魅力跨越一切界限的人身上，乃是一个共同点——一种不仅限于女性的神秘特质：努里耶夫有这特质，尼赫鲁曾经也有，同样还曾有年轻的马龙·白兰度与猫王埃尔维斯·普雷斯利，还有蒙哥马利·克利夫特与詹姆斯·迪恩。

自我见着朗曼小姐起，我从没改称过她别的，她虽然已是五旬扫尾，却看上去跟许久以前根特给她照的那张肖像没什么差别，实在让人觉得诡异。《野生芦笋》与《五把黑吉他》作者的双眼有着安纳托利亚海水般的颜色。她蓝色的秀发丝滑亮泽，垂直后梳，配上她那高昂的头，犹如一顶高耸入云的帽子。她那鼻子让人不觉想起巴甫洛娃：高挺，稍稍有点不规则。她面色灰白，是那种健康的苍白，苹果白。她说话很难听明白，因为她的声音不像大多的美国南部女性，虽说高低适度，徐疾适中（只有南方的男性说话才拖腔），但却如大提琴伴奏的女低音那样低迷，如哀鸽咕鸣。

在博帝那里的头一个晚上，她说："你来我家看我好吗？我听见打雷，好害怕的。"

她不怕打雷，啥也不怕——除了没有回报的爱和商业上的成功。朗曼小姐那雅致的声望——虽说是名至实归——建立于一部小说和三个短篇小说集。在学术圈和鉴赏家的绿草甸之外，她的作品都鲜有人买也少有人读。就如钻石的价值，她的声望亦靠的是限量产出；如此看来，她是个巨大的成功：在居家写作的骗子、讪奖专业户、诈取高额酬金的滑头、笑纳困难艺术家资助的狗屎中间，她就是女王。所有人——福特基金会，美国艺术暨文学学会，国家艺术委员会，国会图书馆，如此等等——都争先恐后地塞给她免税的绿钞票。而朗曼小姐就像那些只消长高一两寸就会失去生计的杂技团小矮人，她极其清楚：一旦普通大众开始阅读她的作品，为她授奖，她崇高的威望就会轰然倒地。与此同时，她还一直大捞慈善款项，如一个赌场管理员耙进筹码——这足以让她在派克大道供一套寓所，虽然不大，却也气派。

在田纳西州度过一个宁静的童年后——这很适合一位循道宗牧师的女儿，正好她就是——她又在柏林、上海、巴黎和哈瓦那经历了一段放荡不羁的舞会人生，并历经四任丈夫——其中一任是一位二十岁的滑板冲浪美男子，她在伯克利讲课时认识的——如今，朗曼小姐至少在物质层面上重拾起她祖辈遗留下来的价值观了，她可能曾经将它忘在某处，却从不曾失去。

回想起来，结合我后来了解到的那些事儿，我现在终于欣赏得来朗曼小姐寓所的那种独特了。在那时，我觉得房屋显得太冷，装饰不够。"柔软"的家具上覆盖着挺括的亚麻布，白得如缺了装饰画的墙壁；地板光亮可鉴，没铺地毯。只有几只白色的花瓶，里面簇拥着新鲜的绿叶，聊以打破白雪一片的室内装饰；除了这些，还有几件署名家具，其中有一张奢华又端庄的双人座大办公桌和一套精美的红木书柜。"我宁愿，"朗曼小姐告诉我说，"拥有上好餐叉两把，而不要勉强过得去的一打。这就是为什么这些房间装饰如此简单的原因。我只想要最好的，却没这财力方方面面如此。但无论如何，杂堆乱放不是我的天性。在风平浪静的冬日，请予我一片空旷的海滩。在博帝那样的房屋里，我会发疯。"

在访谈中，朗曼小姐常常被描绘为一位诙谐健谈的人；她没有幽默感，又何来诙谐？——她一点没幽默感，这是她作为人和作为艺术家的根本缺陷。不过，她的确很健谈：卧室里她一刻不停地指手画脚："别，比利。穿着衬衣，别脱袜子，我有生以来见着的第一个男人就是穿着衬衣和袜子。比利·朗曼先生。比利牧师。男人穿着袜子肉棒高挺真让人来劲就这里比利拿这枕头垫我下面就这样真爽啊比利真爽爽得跟那次在华沙俄罗斯大使馆和一个俄罗斯女同娜塔莎做一样她总是那样饥渴身边随时藏着一枚樱桃好拿来吃啊比利我没法我没法领受那个如果不如果要不是往上滑宝贝吮吸我的就这样就这样让我抓住你的肉棒可比利你干吗不继续！嗯！继续！"

干吗？因为我属于这样一种人：陶醉于性爱之中时，我要求绝对的沉静，要求没有丝毫干扰的投入与静谧。也许这是缘于我发育期间作为巧克力妓男所受的训练所致，或者因为我一直以来都用意志力说服自己适应技艺不够纯熟的伙伴——无论是何原因，对于我，要达到高潮，并从巅峰跃下，这需要我对所有的机械动作辅之以最深沉的幻象，一种令人陶醉的精神图景。这样的过程不欢迎一边做爱一边唠叨。

事实上，我极少心在眼前的人身上；我敢肯定好多人，甚至大多数人，都是如此，都依赖于一种内心的图景，一种想象和记忆中的情色碎片，依赖于与我们身上或胯下的肉体无关的影子——这些画面，我们的大脑在性爱高潮中乐于接受，可一旦野兽被征服，它们就会被驱逐，因为，无论我们自己如何宽容，这样的浮影对于我们内心那个心胸狭隘的岗哨都是无法容忍的。"这样子好多啦好多啦好多啦比利让我握住肉棒嗯就噢噢噢这样就这样只是慢一点慢一点快用力用力用力插啊啊鸡巴让我听听它们的合奏好慢点慢点抽～抽～～～抽出来嗯用力插用力啊啊耶稣老爹求求你耶稣耶稣上帝他娘老爹你用力来操我比利来呀! 来呀!"我怎么来啊，遇上这样一个女士，让人心烦意乱地一个劲地嚎叫，没一点规矩，不让我集中注意力于更能引起快感的区域？"让我听听，让我听听它们合奏"：这就是那位主持一家文化刊物的了不起的小姐，此刻她正振奋精神，在六十秒内从一个胜利奔向另一个胜利。我起身走进浴室，伸展四肢躺在冰冷的干浴缸里，一面在心里想着一些于我必要的念头(正如朗曼小姐,在扰攘的公共生活之余,在宁静的私生活中,也曾沉浸于她自己的思绪: 她在回想着……少女时代? 对比利牧师过于深刻的视觉记忆? 全身赤裸,除了衬衣和袜子? 或是在某个冬日的下午,一条甜如蜜的女人舌头如吮吸棒棒糖般游走? 或者无限久远前在炎热的西西岛上的巴勒莫勾搭上某位满肚子面食,重得像头鲸鱼的意大利佬,然后把他像头猪一样捆起来操?),一面手淫。

我有一位并非同志,却不喜欢女性的朋友,他曾说过: "唯一于我有点用处的女人,是拳头太太和她五个女儿。"关于拳头人太,可是有许多值得称道的地方——她卫生,从来不吵闹,不耗钱费财,绝对忠诚,总是随叫随到。

"谢谢,"我回来时,朗曼小姐说。"真了不起,你这年纪就什么都懂了。如此的信心十足。我原以为面对的是一个小学生,却不料似乎他没什么要学的。"

最后一句话是她典型的风格——直接,真诚,但却有点儿字正腔圆,文气。尽管如此,我还是十二分清楚地意识到,对于一个雄心勃勃的年轻作者而言,能做爱丽丝·李·朗曼的门生是多么珍贵而荣幸的一件事。因此,我当即就搬入这所派克大道寓所住了下来。博帝听说了这消息，他不敢跟朗曼小姐对抗，却仍想搅局，于是打电话给她说："爱丽丝，我想跟你说说这件事，只是因为你是在我家里遇着的那东西。我觉得自己有这责任。留心着！他跟什么都能勾搭上——骡子，男人，狗，消防栓。就在昨天，我收到让（科克托）在极度愤怒中写下的一封信。信是从巴黎寄来的。他跟我们的这位朋友在广场宾馆共度了一个晚上。因此他完全可以证明这一点！上帝知道那东西都跟些什么玩意儿滚过床单。最好去看看你的医生。还有一件事：那孩子是一个贼。他以我的名义伪造支票，窃取了五百多美元。我本可以明天就让他蹲监狱的。"这几件事当中有的本可能成真的，虽然成真的一件也没有；不过明白我说的杀人果什么意思了吧？

这根本无所谓；即便博帝真能证明我是个骗子，骗去了一对苏联驼背连体婴身上最后一个卢比，那也不会对朗曼小姐有丝毫的影响。她爱上我了，她自己说的，我也相信；一天晚上，她喝了太多的红酒和黄酒，说话声音结结巴巴，这时她问道——唉，这声音哽咽却强装笑颜，傻傻的样子直让人心碎，你真想给她一拳，崩掉她的牙齿，却又想亲吻她——我是否爱她；我要撒谎都不会就别混了，因此我告诉她当然了。庆幸的是，我只彻底领受过一次爱情之恐怖——合适的时候我会告诉你的；说好啦。不过，且回到朗曼的悲剧。这——我也不确定——可能么，你的第一要务是要利用他，竟还能跟他相爱？难道这种谋利动机，这种随之俱增的罪恶感，不会阻止了其他感情的发展？要说起来，即使是最体面光鲜的一对，初始走到一起，也是基于相互利用的原则——性，住房，虚荣心的自我满足；不过那却无关大体，是人性使然：这与打定主意要利用一个人的差别，犹如可食用蘑菇之与致命品种：原姿原态的怪物。

我从朗曼小姐身上想要得到的是：她的经纪人，她的出版人，她的名字附于某篇评论我作品的不知所云的文章前面，且文章发表在某本尽管发霉，却在学术界有影响的季刊上。这些目标不多久就得以实现，随之而来的还有炫目的额外收获。得益于她的声望和干预，P·B·琼斯不久就获得了古根海姆基金会研究学者奖（3 000 美元），美国艺术暨文学学会资助（1 000 美元），还有一家出版社给出的一部短篇小说集预付版税（2 000 美元）。不仅如此，朗曼小姐还准备好这些短篇——共九篇——对它们精心打理，直把它们打磨得足以参加冠军总决赛，然后再对这些小说——《应许的祈祷及其他》——进行评论，评论文章先发表在《党派评论》上，然后又发表在《纽约时报书评》上。这书名是她定的；虽然里面没有哪篇叫"应许的祈祷"的，但她说："这名字很适合。阿维拉的圣特雷莎曾说，'让人流泪更多的是得到应许的祈祷，而非未应许的祈祷。'也许引用得并不准确，但我们可以查一下。其要旨——这一主题贯穿于你的整部作品，我感觉几乎是触手可及——是说，人们拼死拼活实现一个目标，却到头来反遭其害——它最终加重和加速了他们的绝望。"

一语成谶，《应许的祈祷》没有应许我任何的祈祷。到这本书面世时，文学圈里许多大佬都认为朗曼小姐襄助她的小白脸过了头（博帝给取的这名字；他还告诉所有人说："可怜的爱丽丝。这是科莱特笔下描写老妓女养小白脸的《谢利》与《谢利之死》之合二为一！"），甚至觉得对于她这样一位以严谨著称的艺术家而言，她表现出来的缺乏诚实实在令人愕然。

我不敢声言自己的小说可以跟屠格涅夫和福楼拜媲美，但肯定也有那么几分分量，不可全然视而不见。没人攻击这些小说；要是有人攻击倒也还好，不致如这灰色漠然的排斥那般令人麻木、令人憎恶、令人痛苦，让人不到中午便生起一种对马丁尼酒的强烈欲望。朗曼小姐跟我一样的痛苦——与我一样的失望，如她所说，不过内心里，这却是因为她疑心自己水晶般晶莹剔透的名望已甘泉变污水了。

我无法忘记她的那副模样：坐在品味无可挑剔的客厅里，杜松子酒与泪水催红了她漂亮的双眼，她点头，点头，照单全收我撒着酒疯攻击她的每一个刻薄的字：我将这书的惨败、我的挫败、我被打入冷宫全推咎到她头上；点头，点头，咬着嘴唇，压抑着任何反击的企图，照单全收因为她对于自己才华坚若磐石的自信，恰如我对自己的才华缺乏信心，满腹狐疑，同时因为她明白自己只要回击半句实话，都将会导致致命的后果——因为她害怕万一我离开她，那她的最后一个谢利就没了。

得克萨斯有句古话：女人就像响尾蛇——身躯死了，尾巴都还要抖几下。

有些女人，终其一生，为得一夜快活，啥也可以不管不顾；朗曼小姐，如我所听闻，就是如此一个热狂分子，直至中风而死。然而，凯特·麦克劳德说过："遇上一个真正好的性伙伴胜似周游世界——这不仅仅是在一个方面。"因此凯特·麦克劳德，就我所知，赢得了这样一个评价：耶稣啊，要是凯特将插过她的鸡巴全加在身上，就要变成一只豪猪啦。

但朗曼小姐，愿她安息，在"P·B·琼斯的故事——偏执狂影片公司与阳具神普里阿普斯制片厂联合出品"里已演完她的一章；因为P·B已然邂逅了他的未来。他的名字叫邓纳姆·福茨——邓尼，朋友们都这样叫他，这其中就有克里斯托弗·伊舍伍德和戈尔·维达尔。在他死后，这两人都将他作为一个主要角色，钉在了他们的作品之中。维达尔的那个短篇叫做《破刊残页》，伊舍伍德则将他写进一部小说里——《来此一游》。

早在他从我的港湾里浮出水面之前，邓尼就如一个传说，已为我所熟知；一个神话，赋名曰：世间保养最好的男孩。

十六岁时，邓尼生活在佛罗里达州位于一个交叉路口的镇子上。镇上都是些白人穷鬼。邓尼在他父亲的面包房做工。一天上午，救赎（有人可能会说是毁灭）以一个略显肥胖的身躯出现——驾驶一辆全新定制的1936年款杜森堡敞篷轿车的百万富翁。这人是一位化妆品大亨，财富主要来自一种大名鼎鼎的防晒霜；他结过两次婚，可他更喜欢的是十四到十七岁的翩翩美少年。当他看见邓尼时，肯定有如是瓷器古董收藏家迷路撞进一家废品店，却发现一套迈森"白天鹅"陶瓷餐具：震惊啊！贪婪得心颤啊！他买了一些多福饼，邀请邓尼乘坐杜森堡兜风，甚至让他把方向盘；那天晚上，甚至没有回家换内衣，邓尼就直接去了一百英里外的迈阿密。一个月后，他悲痛欲绝的父母——两人已无数次遣人将当地的沼泽地搜了个遍，最后彻底绝望了——收到一封盖着法国巴黎邮戳的信。这封信成了一套多卷册剪贴簿里收录的第一份材料：《我们的儿子邓纳姆·福茨的全球游》。

巴黎，突尼斯，柏林，卡普里岛，圣莫里茨，布达佩斯，贝尔格莱德，圣让卡普费拉，比亚里茨，威尼斯，雅典，伊斯坦布尔，莫斯科，摩洛哥，埃什托里尔，伦敦，孟买，加尔各答，伦敦，伦敦，巴黎，巴黎，巴黎——而他最初的那位东家已被远远抛在后面，哦，老早在卡普里岛就被抛在了身后，宝贝；因为在卡普里岛，邓尼吸引了一位七十岁的太祖父——他也是荷兰石油公司的一名董事，并与之潜逃。这位先生后来又把邓尼输给了一位王室——保罗王子，即后来的希腊保罗国王。王子跟邓尼年龄相近得多，他们之间的感情也相当平衡，直至在维也纳他们有一次去拜访一个文身师，并在身上文了一模一样的一个符号——文在心脏上方的一个蓝色小标记，虽然我记不得到底是个什么符号，或代表什么意义。

我也不记得那段恋情是怎样结束的了，只知道最终分手是因为邓尼在洛桑美岸酒店的酒吧吸食可卡因，两人吵了一架。不过到现在的邓尼，就像欧洲大陆电路上的另一口口相传的神话——波菲罗·卢比罗萨，已培养起成功的冒险家所必需的素质：神秘，以及唤起人们探索其神秘之根源的普遍欲望。事实上，比如多丽丝·杜克和芭芭拉·哈顿，就曾花了一百万美元，想搞清楚其他女士是否在撒谎：她们赞美那一头卷发的行家——多米尼加大使波菲罗·卢比罗萨阁下，在他那硕大的四分之一混血的鸡巴之威力下哼哼直喘，传言那牛奶咖啡色的冲击钻有十一英寸长，有人手腕那么粗壮（据编织出这两种类比的那个女人讲，在鸡巴行列中，唯一能与大使匹敌的只有伊朗国王）。至于说可亲可敬的已故阿里汗王子——很率直的一个人，凯特·麦克劳德的一位好朋友——至于阿里，那支如乔治·费多闹剧似的从他被裤下摩挲穿过的大军唯一真正想知道的是：这种马真的能一次一个小时一天五次并且金枪不倒么？我猜你知道答案的；不过如果你不知道，答案是的确如此——一种东方诀窍，实际上是一种巫师绝技，叫做不完全性交术，其根本要素不在精巢的耐力，而在于一种意象控制：一面吮吸猛操，一面意志坚定地想象一只普通的棕色盒子或一条小跑的狗。当然，你还应该塞满一肚子的牡蛎和鱼子酱，而且不能让任何事情干扰自己吃饭睡觉，或者是把注意力集中在那只普通的棕色盒子上。

跟邓尼做过实验的女性有：美国胜家缝纫机公司继承人黛西·法罗阁下，她驾着自己漂亮的游艇"安妮妹妹"，载他在爱琴海里到处游玩；但邓尼的日内瓦银行账户的主要出资人依然是那些最富有的男女通吃的阔干爹——全巴黎最富有的一位智利人阿图罗·洛佩斯-威尔肖，全球海鸟粪肥——石化了的鸟屎——的主要供应商，以及奎瓦斯侯爵——美国巡演剧团里的迪亚吉列夫①。但在1938年的伦敦之行中，邓尼找到了他最后和永远的赞助人：彼得·沃森，一位人造黄油大亨的继承人。他不仅仅是又一位富有的娘娘男，而且是——以一种睿智、毒舌、屈尊俯就的风格——英国最有风度的人之一。西里尔·康诺利的杂志《视界》的创办和运作都是靠了他的资助。沃森周围的人都感到非常失望，因为他们看到这位对自己要求相当严格、一直都只对单纯的水手感兴趣的朋友竟然对臭名昭著的邓

---

① 迪亚吉列夫：塞吉·迪亚吉列夫(1872—1929)，俄国著名的芭蕾舞剧团——俄罗斯剧团的创建人。该剧团以其众多一流的芭蕾舞演员而闻名于世。

尼·福茨——一个"风头主义的花花公子"，一个瘾君子，一个说话嘴里似乎老是包着一磅阿拉巴马玉米糊的美国人——如此的迷恋。

不过，要能欣赏邓尼的诱惑力，你必须是体会过他那让人透不过气来的牢牢掌控力，体会过那种使得受害者在撩拨难抑之同时，几近陷入永久沉睡的压力。邓尼只适合一种角色——爱人，因为这是他一直以来唯一的身份。而这沃森，除了间或与海上水手们的交易行为，也一直是一位"爱人"，不断遭受着追求者们的围攻，而他对待仰慕者的作法更甚于萨德侯爵笔下的性虐描写（一次，沃森故意带着一个为恋爱烧昏头脑的贵族少年航海旅行半个地球，并施之以不让他有任何亲吻和爱抚行为的惩罚，尽管夜复一夜他们都睡在同一张狭窄的床上——也即是说，一边是沃森先生酣然入睡，一边是他那信守规矩却精神崩溃的朋友夜夜失眠，睾丸生痛）。

当然，一如大多数有虐待狂倾向的人，沃森也有一种并行的受虐狂冲动；不过对于一个羞于开口的客人这无言的需求，邓尼只须凭借他狗娘养的直觉就能揣摩出来，并投其所好。一旦角色转换，只有侮辱的施行者才能领受变本加厉的侮辱之快感：沃森喜欢邓尼的残忍手法，因为沃森是一个艺术家，懂得欣赏更优秀艺术家的杰作。邓尼的手段每每让优雅讲究的沃森先生匍匐在意识绝对清醒的昏迷之中，心中交织着嫉妒与甜蜜的绝望。这爱人甚至将自己对麻醉品的依赖展现至淋漓尽致，更胜似茶道式的浪漫；而沃森，一方面不得不拿钱供养这自己所痛恨的习惯，一方面又确信只有自己的爱与关心，才能救赎爱人于海洛因之坟墓。而当爱人真心渴望把棺材盖上的螺丝拧紧一圈时，他只需打开药柜。

据说是为邓尼考虑，沃森坚持在 1940 年，德国轰炸之初，要邓尼离开伦敦，回美国去——邓尼此行由西里尔·康诺利的妻了、美国人吉蕙监护陪伴。而这对夫妇自此再不曾相见——吉蕙·康诺利，一个出手大方、生物性很强的女人，在经历了一段充斥着士兵-水手-陆战队-大麻的邓尼-吉蕙横跨美国狂欢大冒险后，兴奋得死去活来。

战争的年代，邓尼是在加利福尼亚度过的，其中有几年，因为拒绝服兵役蹲过监狱；不过在加利福尼亚的早些时候，他就认识了当时在好莱坞做电影编剧的克里斯托弗·伊舍伍德。这里，且引用先前提到过的伊舍伍德的小说——我上午在公共图书馆查来的——看看他对邓尼（或者他所称的保罗）的描述："当我第一眼看见保罗时，当时他正走进饭店，我记得自己注意到他走路的身姿出奇的挺直；他似乎紧张得几乎要瘫痪了。他身材从来都很修长，而那时看上去更像是一个瘦削的小男生。他穿得像一个十几岁的孩子，一脸夸张的天真无邪的神情，似乎在向我们挑战，谅我们也不敢对此表示质疑。他一身乏味的黑色套装，腰身收紧，没有垫肩，纯净的白色衬衣，平素的黑色领带，给人的印象是他刚从一所管理严格的宗教寄宿学校进城来。他的着装，尽管如此幼稚，却并不让我觉得古怪，因为这跟他的神情很相称。不过，因为我知道他已年近三十，这种嫩气本身便有些儿邪恶效果，好似一样用某种诡异的方法保存下来的东西。"

几年后，我搬到了巴克大街 33 号——彼得·沃森在巴黎左岸寓所的地址——在那地方我所见着的邓纳姆·福茨虽然比他最心仪的象牙鸦片烟枪还苍白，却与伊舍伍德先生的那位加利福尼亚朋友没多大变化：他模样仍是那么脆弱年轻，似乎青春就像一种化学溶液，将福茨永远浸泡在了里面。

可是，P·B·琼斯又是如何在巴黎的黄昏里，跨进那些高屋阔顶、回转曲折、百叶窗紧闭的房间，成为里面的坐客的呢？

请稍等片刻：我去楼下冲个凉。已是第七天了，曼哈顿的气温高达九十华氏度，甚至超过了九十度。

我们这地方的一些基督教色情狂冲澡十分频繁，而且每次磨蹭好长时间，结果个个都像浸透了水的丘比特娃娃；但他们年纪轻，总的来说，身材还算不错。不过，所有爱清洁讲卫生的色友中，最沉迷于此的，却是一个绰号叫牙肉的老家伙，他有事没事地在宿舍走廊里拖着脚步，阴魂不散似的到处瞅。他是个瘸子、左眼瞎，嘴角上一个流脓的溃疡从来没好过，脸上坑坑洼洼的麻子鬼似的，像瘟疫留下的文身。刚才，他摸了一把我大腿，我假装没注意到；但这一把却激起了一阵疼痛，似乎他的手指是燃烧的荨麻枝条。

《应许的祈祷》面世好几个月后，我收到从巴黎寄来的一封短笺："亲爱的琼斯先生，你的故事非常精彩。塞西尔·比顿拍的那张肖像亦是如此。请来我这里做客。随信附上 4 月 24 日纽约至勒阿弗尔的伊丽莎白女王号头等舱船票一张。如果你需要引荐人，请问问比顿：他是一位老相识。诚挚的，邓纳姆·福茨。"

我说过，我之前听闻过福茨先生的许多事情——因此足以明白激发他冒失地写下这信函的并非我的文笔，而是比顿替博帝的杂志拍的那张我的照片，我把它用在了我那本书的护封上。后来，认识邓尼后，我才明白那张脸上究竟有什么令他如此意乱神迷，以至于他要贸然写那封邀请函，并开出他无力承受的馈礼——无力承受，是因为他已被彻底厌倦他的彼得·沃森所抛弃，如今寄居在沃森在巴黎的寓所，随时都有被扫地出门之忧，并靠忠诚的朋友和旧日慕求者半受胁迫的东一点西一点的施舍度日。那张照片所传递的讯息，与我本人完全两样——水晶般剔透的少年，单纯无邪，纯洁无瑕，青翠欲滴，晶莹如四月的一滴雨珠儿。呵呵呵。

我从未想过说不去；也从没想过要告诉爱丽丝·李·朗曼我就要离去——她看完牙医回来，发现我已打包离去。我没跟任何人道别，就这样走了；我就是这样的一个人，而这样的人也绝不罕见，可能就是你最要好的朋友，你每天通话的伙伴，然而如果某一天你忘了联系，如果你忘记给我打电话，其结果便会如此，我们将再不会说话，因为我绝不会给你电话。我见过这样蜥蜴般冷血的人，怎么也无法明白他们，尽管我自己也是其中之一。就此离去，是的：夜半起航，我的心跳闹哄哄如哐哐的锣鸣，粗哑如烟囱的呜咽。我还记得望着曼哈顿那午夜摇曳的亮光，在颤抖摇落的五彩纸屑中渐渐暗去——那亮光，十二年之后我才又看到。我也记得，当我摇摇晃晃向经济舱走去时（我换掉了头等舱船票，将差价揣进了口袋），我踩着一大摊香槟呕秽，摔了一跤，脖子给扭了。真可惜我没把脖子给摔断。

每当想起巴黎，我感觉它就像泛滥的小便池那般充满浪漫情怀，跟漂浮在塞纳河上被扼死的裸尸那般充满诱惑。对它的记忆明澈而蔚蓝，就如透过挡风玻璃雨水刷无精打采的擦痕看到的一幕幕场景；我看到自己经常在水坑上跳跃，因为那里总是冬天，也总是下雨，或者是坐在双叟咖啡馆无人的露台上翻看《时报》，因为那总是八月的一个周日下午。醒来时，佩诺茴香酒的宿醉未消，我发现自己睡在没有暖气的宾馆房间里，房间的四壁在醉眼中扭曲起伏。踏遍整座城市，跨过一道道桥梁，走过连接丽思酒店两个入口、两侧全是玻璃橱窗的走廊，在丽思酒店的酒吧等候某张有钱的美国人的面孔，在那地方讨要酒喝，然后晚些时候去屋顶公牛饭店和利普酒吧，再然后去某个妓女妓男云集、蓝盒高卢牌纸烟的蓝色烟雾缭绕、性游戏与大麻乐翻天之地，挥汗通宵达旦，将它蒸发掉；然后又从某个倾斜的房间中醒来，步履蹒跚，目光呆滞如死尸，生命力又变得勃勃起来。无可否认，我的生活跟枯燥乏味的当地人并不一样；但即使是法国人也受不了法国。或更准确地说，他们崇拜自己的国家，却瞧不起自己的国人——他们无法宽恕相互间共有的罪恶：多疑，小气，妒忌，普遍的卑劣。如果一个人憎恨某个地方，他的回忆里往往很难再有其他的东西。不过有那么一小会儿，我曾有过不同的观感。我眼中的巴黎，是邓尼希望我看到的模样，而且正如他所愿的那样，他本人眼中的巴黎依然是那样的。

（爱丽丝·李·朗曼有几个侄女，其中年龄最长的名叫黛西，一个很有礼貌的乡下姑娘，自小从没出过田纳西州。一次，她来纽约玩。她的出现让我唉声又叹气；这意味着我得暂时搬离朗曼小姐的寓所；更糟糕的是，我得开车载着她满城跑，带她去看火箭女郎舞蹈团表演，登上帝国大厦楼顶，乘坐斯泰滕岛轮渡，喂她吃内森牌科尼岛热狗，去自助快餐店吃烤豆，如此等等乱七八糟的事情。此时回想起来，却真有种说不出的怀念；她玩得非常开心，黛西非常开心，而我则更开心，因为我似乎攀爬进她脑子里，从那个天真无邪的瞭望台里观看和品味这一切。"哇，"在朗佩迈尔连锁店，黛西舀起一匙淡黄绿色冰激凌，叫道，"好棒耶"；"哇，"当我们加入百老汇拥挤的人群，听见人们在催促一个自寻死路的家伙快从老罗克西的一个窗台上跳下来时，黛西说，"哇，真的好棒耶。"）

而我，我是巴黎的黛西。我不会说法语，而且要不是邓尼，一辈子也不会讲。他除了法语，拒绝讲任何语言，迫使我不得不学习法语。除非是我们在床上；不过，听我解释，虽然他想和我同床共枕，但他对我的兴趣只在于一种浪漫情怀，而不是性爱；对于别的人他也同样没兴趣；他说自己两年都没干过那事儿了，鸦片和可卡因已经将他阉割了。我们下午经常去香榭丽舍的电影院，到了某个时刻，当他开始微微出汗时，他总是急匆匆地去洗手间嗑药；晚上，他吸食鸦片或饮鸦片茶——那是用积聚在烟枪里的鸦片屑加水熬制成的调制物。但他不会因吸食鸦片而昏沉；我从没见过他用药后发呆或虚脱。

也许，在夜之将尽，晨曦开始从紧闭的窗帘边角挤入卧室时，邓尼可能会稍失把持，一不留神爆发出一阵隐晦肉感的表达。"告诉我，伙计，听说过神父弗拉纳根之黑鬼娘娘洁食咖啡馆吗？听着有点耳熟吧？那还鸡巴用说。就算是你从没听说过，以为那是黑鬼区某个下班之后的好去处，即便如此，从它的名字你也听得出来——不过当然你知道那是啥地方，在什么位置。有一次，我在加利福尼亚一个修道院冥想静修了一年时间。在杰拉尔德·赫德主教圣座的超级指导下。寻找这……叫意义的东西。这……叫上帝的东西。我真的尽力了。从没人这样坦率过。早睡早起，除了祷告，还是祷告，不喝酒，不抽烟，甚至一次手淫都没有过。这样极尽的折磨唯一换来的是……神父弗拉纳根之黑鬼娘娘洁食咖啡馆。就这地方：到头来他们把你就扔这里。就在垃圾堆不远的地方。小心脚下：别踩着切下来的头。接着敲门，笃。笃笃。神父弗拉纳根的声音：'谁叫你来的？'上帝，看在上帝的分上，你这蠢蛋。进来……里面……非常……放松。因为人群里没有成功者。都是无家可归的人，尤其是那些瑞士银行信用卡上账户金额庞大的大腹便便的伙计。因此，你可以完全把头发放下来，灰姑娘。老实说，我们这里所能有的就是放下。何等的放松啊！只需投身其中，要一份可卡因，跟某位老朋友舞一圈，就像那位粉脸的十二岁好莱坞小子，抽出来一把童子军军刀，抢去了我非常漂亮的椭圆形卡地亚手表。黑鬼娘娘洁食咖啡馆！清凉的绿色，安详如坟墓，最低点！这就是为什么我要用药：只凭枯想，并不能带我抵达那境界，保持那境界，保持那境界，躲藏起来，跟随神父弗拉纳根和他成千上万的被抛弃者，他以及其他所有那些犹太佬、黑鬼、美籍西班牙佬、男同志、女同志、瘾君子、共产分子，一起玩乐吧。为下到你所属于的地方而高兴吧：舞起来吧，跳起来吧！除了是——代价太高，我这是在自杀。"接着，一改散发着腐臭的单口相声似的语气："我的确是，你知道的。但遇见你让我改变了看法。我不会反对生活。只要你跟我生活在一起，琼斯。这意味着冒险尝试一种治疗法；这本身就是一种冒险。过去我也曾试过一次。在沃韦的一家诊所；每天夜里群山都坍塌下来压在我身上，每天早上我都想跳进日内瓦湖把自己淹死。不过如果我这样做，你会这样吗？我们可以回美国去，买一个加油站。不，不是骗你。我一直都想开一家加油站。在亚利桑那州什么地方。或者内华达州。'加油的最后一次机会'。会非常的宁静，你可以写你的小说。大体来讲，我相当健康。我做饭也蛮不错的。"

邓尼给我毒品，但我拒绝了，他也从不强求，虽然有一次他说："害怕吗？"是害怕，但不是怕毒品；是邓尼无家可归的生活让我害怕，我可绝不想仿效他。想起来也奇怪，但我就保持着这样的信念：我认为自己是一个严肃的年轻人，有着相当严肃的天赋，而非一个机会主义的游手好闲之徒，一个情感骗子，一个曾钻得朗曼小姐古根海姆奖金喷涌的混蛋。我清楚自己是个混蛋，却又宽恕我自己，因为，说到底，我天生就是个混蛋——一个天才的混蛋，唯一的义务就是施展自己的才华。尽管夜夜翻腾，白兰地烧心，葡萄酒酸胃，我仍坚持每天写五六页小说；没有什么可以阻挠这件事。从这个意义上讲，邓尼则是一种不祥的存在，一个沉重的负担了——我感觉如果自己不摆脱出来，恰如试图远航冒险的辛巴达与那拖累他的老人，我将不得不把他的余生扛在自己背上。但我喜欢他，至少在他仍沉溺于麻醉之中无法自拔之际，不想离他而去。

因此，我让他去接受治疗。不过我又补充道："我们都不要许诺。以后，你可能想匍匐在十字架的脚下，或者是最后跑去替施韦策医生擦便盆。也或许那会是我自己的命运。"在那些受庇护的日子里，我是何其的乐观——与非洲采采蝇战斗，用舌头擦便盆于我而言都将是蜜一样的极乐天堂，如果较之以此后我所遭受的困厄的话。

最后的决定是，邓尼独自前往沃韦的诊所。我们在里昂火车站告别；他不知因为什么而显得有些亢奋，他生气勃勃的面色——如神情峻严的复仇天使——看上去似乎老了二十岁。他一路喋喋不休，从加油站一直说到他曾去过西藏。末了，邓尼说："如果有什么意外，请帮个忙：把我一切的东西都毁掉。烧掉我所有的衣服。我的信件。我不会便宜了彼得的。"

我们说好直到邓尼出院，我们都不要联系；然后，或许，我们可以一起去那不勒斯附近的某个滨海村庄度假——波西塔诺，或者拉韦洛。

因为我并没打算要这样做，而且如果可能，也不想再见到邓尼，于是我搬出了巴克大街寓所，住进皇家庞特酒店屋檐下的一个小房间。那时，皇家庞特地下层有一个皮革小酒吧，是上流肥佬艺术家豪饮的最爱去处。外斜眼、面容白如馅饼，嘴里常叼着个烟斗的萨特跟他老处女似的姘妇波伏娃常常靠在一个角落里，像一对口技艺人扔弃的玩偶。我经常在那里看见阿瑟·库斯勒，从来没有清醒过——一个气势汹汹的矮子，非常喜欢放任自己的拳头。还有加缪——身形瘦长，一头卷曲的棕发，眼睛溢彩流光，充满生气，永远一副正在聆听的焦虑神情：他是个易于接近的人。我知道他是伽利玛出版社的一位编辑，于是一天下午，我自报家门说是一位美国作者，曾出版一部短篇小说集——问他是否愿意看看这本书，并考虑一下是否能通过伽利玛出翻译本？后来，加缪将我寄给他的书退还回来，随附的一张便条上说他英语不够好，不便予以评判，不过他觉得我很擅长人物刻画和情节安排。"可是，我觉得这些故事太过仓促，没能展现出来。不过如果你有其他文稿，请给我看看。"之后，每次我在皇家庞特，还有一次在伽利玛出版社花园遇见加缪，他都会鼓励地对我点头微笑。

在这酒吧我遇着的另一位甚为友善的客人是玛丽·洛尔·德·诺阿依斯子爵夫人，一位受人敬重的诗人，一个沙龙客，主持一个社交聚会厅——在这里，普鲁斯特与雷纳尔多·哈恩的幽灵随时都可能突然现身——她还是一位热衷体育运动的富有马赛贵族的怪异配偶，是当代于连·索黑尔们的一位深情款款、来者不拒的同志：这完全就是和我对口的角子机。可最后——另一位年轻的美国冒险家，内德·罗勒姆，却中了角子机的头奖。尽管她有种种的缺陷——波纹起伏的面颊，给蜜蜂叮了似的双唇，中分的发型好似是对罗特列克的奥斯卡·王尔德肖像画的诡谲复制——旁人还是能明白罗勒姆从玛丽·洛尔身上所看到的东西（罩在他头上的一层优雅的屋顶，将他的歌曲一举推入法国音乐界两万米高空的贵人），但这话反过来说就不成立了。罗勒姆来自美国中西部地区，是一个贵格会的怪胎——或者说，怪胎的贵格会教徒——火爆的举止与自以为是的虔诚，让人难以忍受的二者结合体。他以为自己是亚西比德再世，古铜的太阳色，金光灿灿，而且好多人还附和他的意见，尽管我不属这些人中的一员。首先，他的头颅形状就像个罪犯：方棱顶，像约翰·狄林杰①；其次，他的脸，光滑，甜美如蛋糕面糊，是脆弱与任性的糟糕混合。但我很可能说话有失公允，因为我嫉妒罗勒姆，嫉妒他的教育，嫉妒他作为一个年轻的新人，声望却远比我的有保障，而且他跟老树皮——我们这些小白脸对我们的女支票簿的称呼——玩活体性玩具远比我在行。如果这话题你感兴趣，你不妨去读内德自己的自白《巴黎日记》：写得相当不错，毫不留情，只有一个下定决心坦诚的亡命贵格会教徒才写得出来。我在想要是玛丽·洛尔读到该书，该会怎么想。当然，她曾经受过的风雨痛楚不是内德那些哭哭啼啼的披露文字所能相提并论的。她的上一位朋友，或者说我所知道的上一位，是一个毛发茂盛的保加利亚画家。他割腕自杀，然后手持画笔，以自己割断的动脉为调色板，大手笔地画满整整两面墙纯殷红色的抽象壁画。

事实上，我结交的许多相识，都应归功于皇家庞特酒吧，包括为首的美国侨民娜塔莉·巴尼小姐，她定居巴黎已超过六十年，是独立思想与道德原则的女继承人。

---

① 美国 1930 年代大萧条时期的著名银行大盗。

几十年来，巴尼小姐一直都住在那同一套寓所里。寓所位于学院路上一座庭院建筑的不远处，里面房间多得惊人。彩绘玻璃的窗户，彩绘玻璃的天窗——新艺术运动的一份贺礼，足以让老好人博帝兴奋得跟疯狗似的：雕刻成乳白色玫瑰花束的莱俪水晶灯，中世纪样式的桌子上摆满用黄金和玳瑁壳镶框的朋友照片：阿波里耐、普鲁斯特、纪德、毕加索、科克托、拉迪盖、科莱特、莎拉·伯恩哈特、斯泰因与托克拉斯、斯特拉文斯基、西班牙和比利时皇后、娜迪亚·布朗热、轻松自然的嘉宝与老友梅塞德斯·德·阿考斯塔，以及朱娜·巴恩斯——最后一位烈焰红唇，一头红发，非常性感，很难想象得出来却是《夜林》怒气冲冲的作者（晚年成为帕特辛街的一位英豪女隐士）。无论她实际年龄是多少——肯定八十有余——巴尼小姐总是一身充满活力的灰色法兰绒装，看上去永远都是五十岁的珍珠色。她喜欢驾驶，亲自开一辆帆布顶的翡翠绿布加迪到处逛——天气好的下午，开车到布洛涅森林公园附近或更远的凡尔赛宫去玩。偶尔，我会被一起叫上，因为巴尼小姐好为人师，并且觉得我有很多东西要学习。

曾经那地方还有另一位客人——格特鲁德·斯泰因小姐的遗孀。这位遗孀想去一家意大利杂货店，说那里可能买到采自都灵附近山上的一种罕见白色松露。这家店在比较远的一个区。当我们驾车穿过该区时，遗孀突然说："我们离罗曼的画室不是很近吗？"巴尼小姐令人心烦地向我投来询问的一瞥，一面答道："我们停那里好吗？我有钥匙。"

遗孀揉搓着戴了黑手套的双手，就像一只长满髭须的蜘蛛摩挲自己的触须："哇，该是有三十年啦！"

爬上六段石梯，走进一栋弥漫着猫尿、波斯古龙水（同时还有罗马香水）味道的阴郁建筑，我们来到罗曼的画室——管这罗曼到底是何许人；我的同伴也没向我解释她们的这位朋友，不过我感觉得出她已经加入了这里的多数派，而这画室则类似一座杂乱的神殿兼博物馆，由巴尼小姐保存了下来。一缕潮湿的午后阳光，从积满灰色污垢的天窗缓缓渗透下来，与偌大一间屋子里的物件混为一体：套着罩子的椅子，一架盖着西班牙披巾的钢琴，西班牙枝状大烛台上未燃尽的蜡烛。巴尼小姐轻轻按了一下一个电灯开关，但一切依然如故。

"狗日的，"她突然一口十足的北美大草原风格，然后点亮一支蜡烛，举着烛台领我们环屋参观罗曼·布鲁克斯的绘画。这里总共大约有七十张画作，全是彻头彻尾的现实主义肖像画；画中人物为女性，全部穿着得一模一样，每个人都穿戴整齐，燕尾服，配以白色的领结。你可明白你是如何知道自己不会忘记某样东西的？我不会忘记这一刻，这间屋子，这一整列的女同男角儿。所有这些人，从她们精致的发型和化妆品判断，都创作于1917年至1930年间。

"瓦奥莱特，"遗孀拿一个单片眼镜放大一只破冰锥一样的眼睛，仔细打量一个波波头金发女郎，一面说道。"格特鲁德很喜欢她。但我觉得她是个非常残忍的女孩子。我记得她有一只猫头鹰。她把猫头鹰关在一个很小的笼子里面，动都没法动。就只能是坐在里面。羽毛都爆到笼网外面来了。瓦奥莱特还在世吗？"

巴尼小姐点了点头。"她在菲耶索莱有一栋房屋。保存非常完好。我听说她一直在做妮安诗抗衰老治疗。"

最后，我们来到一张画像跟前。我认出这是遗孀已故的伴侣——画中的她，左手端一只白兰地窄口酒杯，右手一支方头雪茄，全然不是毕加索糊弄人的那种大地母亲式的褐色巨石柱模样，而更像是钻石吉姆·布雷迪①似的人物，

---

① 钻石吉姆·布雷迪（1856—1917），美国镀金年代的商业大亨，金融家。

大腹便便——不过，你会觉得这张画可能更接近于实际。

"罗曼，"遗孀抚了一下她脆弱的髭须说，"罗曼懂一些技巧。但她不算艺术家。"

巴尼小姐表示恕不苟同。"罗曼，"她以寒彻如阿尔卑斯山坡的语调宣称，"是稍有局限的地方。但是。罗曼是一位非常伟大的艺术家！"

安排我去拜见柯莱特的是巴尼小姐。我想见她，不是出于我通常的机会主义的缘由，而是因为博帝曾经给我介绍过她的作品（敬请记住，智力发展方面，我是一个搭顺路车的人，是在公路沿途和桥洞下获取教育的），我尊重她：《母亲的房子》是一件大师之作，在感官描写——味觉，嗅觉，触觉，视觉——方面，其艺术性无与伦比。

同时，我也对这个女人很好奇；我感觉如她这样阅历之广泛，如她这样睿智，肯定会给我几个答案吧。因此，经巴尼小姐安排，我得以有机缘与柯莱特在她位于皇家花园的寓所与她品茶，我对此非常感激。"不过，"巴尼小姐在电话中警告说，"别待太久，免得她疲倦；她整个冬天都在生病。"

果然，柯莱特是在她卧室接待的我——她端坐在一张金色的床上，有如路易十四早朝；但除此以外，她的精神似乎并不比一位脸上浓墨重彩引领部落舞蹈的瓦图西人要差。她的妆容也与这项任务相吻合：斜眼睛，透明似魏玛猎犬，周围一圈眼影；一张瘦削聪颖的脸上，白粉抹得如同小丑；她的双唇，尽管早已不再年轻，却红得光滑，亮泽，令人激动如歌舞女郎；她一头红发，或者说是淡红，玫红，卷曲如波浪。房间里弥漫着她香水的味道（谈话过程中，我曾问是什么香水，柯莱特说："娇兰掌上明珠。过去优金妮皇后常用这种香水。我喜欢这种香水，是因为它香味古典，有着一段优雅的历史，还因为它俏皮而不低俗——就像擅长言谈的人。普鲁斯特也用这种香水。或者说科克托这样告诉我的。不过他并不是太可信。"），弥漫着香水与果盘还有六月里微风轻拂纱帘的味道。

一女仆送上茶来，将托盘放在一张床上，上面挤满了几只打瞌睡的猫和信函、书籍与杂志，以及各式各样的小摆设，尤其是许多的法国古董水晶镇纸——实际上，还有很多这样的珍贵物件，都摆放在几张桌子和一个壁炉台上。我从没见一件这样的东西；见我感兴趣，柯莱特挑出其中一件，捧着它，让它在一盏黄色的灯光下闪烁："这个名叫白玫瑰。你瞧，一单枝白玫瑰嵌在最纯洁的水晶中央。这是1850年克利希工厂制造的。所有上等的镇纸都是在1840年至 1900 年间由三家工厂生产的——克利希，巴卡拉，圣路易斯。我最初开始买这些东西是在跳蚤市场和其他类似的非专业场所，价格也不过于贵，但最近几十年，收藏这些东西成了时尚，甚至是迷狂，价格也就非同一般啦。对于我"——她晃了一下一个里面装着一只绿色蜥蜴的水晶球，和另一个里面有一篮樱桃的水晶球——"它们比珠宝还赏心悦目。也胜过雕刻品。一首无声的乐曲，这些水晶世界。好啦，"她突然转入正题，让我吃了一惊，"告诉我你希望从生活中得到什么。名望和财富不说——那些东西我们都认为是理所当然。"我说："我不清楚自己想要什么。我知道自己喜欢什么。那就是变成一个成熟的人。"

柯莱特描过眼影的眼皮抬起，又落下，如一只巨大的蓝鹰那缓慢振动的羽翼。"可是，"她说，"那东西我们谁也无法达到：成为一个成熟的人。你指的是彻底悔却罪孽，全身心地沐浴在智慧之中？远离一切的恶念——嫉妒、怨恨、贪婪与恶行？那不可能。伏尔泰，甚至伏尔泰，内心里也生活着一个孩子，他嫉妒又愤怒，是一个猥亵的小男孩，时常闻自己的手指头。伏尔泰带着那个小孩，直到走进了坟墓，我们也将如此走进我们的坟墓。教皇在他的阳台上……梦见瑞士卫队中一张俊俏的脸蛋。还有那戴着精致假发的英国法官，在将一个人送上绞刑架时，在想着什么呢？在想正义、永恒、成熟的事情么？或是在寻思如何能当选进入赛马俱乐部？当然，人也有成熟的时刻，极其稀少地散现于各个阶段，在这些时刻当中，死亡显然是最重要的。死亡当然会打发那个猥亵的小男孩匆匆离去，余留下的我们仅仅是一件物体，没有生命，却很纯净，如这白玫瑰。这"——她轻轻朝我推了一下那只嵌有玫瑰化的水晶 —"放进你口袋里。留着它提醒自己：持久与完美，真正的成熟，就是变成一个物体，一个祭坛，一幅彩绘窗玻璃上的画像：成为值得珍惜的东西。可是说真的，打打喷嚏，感觉自己是个人，这感觉要美好得多。"

一次，我把这件礼物给凯特·麦克劳德看。这凯特可能曾在苏富比拍卖行做过鉴定师，她说："她肯定当时在狂吠吧。我意思是说，到底为何她要把这送给你呢？如此质量和重量的一件克利希，要值……噢，随便都是五千美金。"

我宁愿不曾知晓这东西的价值，也不想把它当成是为将来救急的金条。虽然我永远不会卖它，尤其是现在，在我生活一团糟，穷愁潦倒之际——因为，噢，我珍视它，把它视作一个得到类似圣人加持的护身符，而一个人不会舍弃护身符的情况至少有二：当你一无所有和当你拥有一切时——任何一种情况都是一道深渊。历经千山万水，经历了多少次的饥饿与自杀的绝望，甚至在加尔各答一家热浪炙烤、苍蝇成群的医院里因患肝炎住院一年时，我都紧守着白玫瑰。此刻置身基督教青年会，我将它藏在我床下；它被塞在凯特·麦克劳德的一只黄色的旧羊毛滑雪袜里，然后再藏匿在我唯一的行李——一个法国航空旅行包里（逃离南安普敦时，我动作非常快，我怀疑再也见不着那些 LV 箱包、芭迪斯顿尼衬衫、朗万外套、皮尔鞋了；不是说我想看，是因为看到这些东西我就要呕吐至死）。

刚才，我把它取了出来，这白玫瑰。在它闪烁的多棱面里，我看见圣莫里茨镇上方那蓝天笼罩的滑雪场，看见凯特·麦克劳德，像一个赤褐色的幽灵，分开两脚跨在她淡黄色的克耐思滑雪板上，侧身飞快滑过，她后座的角度构成的姿势，恰似这清凉的克利希水晶那般优雅而精确。

前天夜里下过雨；到早晨，一股从加拿大过来的干爽秋风阻遏了又一波的热浪，于是我出去散散步，却不料遇到了伍德罗·汉密尔顿！——那个至少应间接为我最近的一次灾难性经历负责的人。当时我在中央公园动物园，正专心观看一匹斑马，突然听见一个声音用难以置信的语气说:"P·B?"正是他,我们第二十八任总统的后嗣。"我的上帝,P·B你看上去……"

我清楚自己看上去什么样子,灰头土脸,一套油腻的泡泡纱外套。"我还能怎么样?"

"哦,我明白。我曾想你是否卷入了那件事。我唯一知道的就是在报纸上看来的东西。事情肯定闹得不小。瞧,"他见我没应声,说道,"我们去那边皮埃尔酒店喝一杯。"

到了皮埃尔,他们不愿招待我,因为我没打领带;我们又溜达到第三大道上的一家酒吧。路上,我决心不谈论凯特·麦克劳德或者任何相关的事情,不是出于谨言慎行,而是因为伤口依然生疼:我散落出来的心肝肚肠还拖在地上。

伍德罗并不追问;外表看他可能像一把规则漂亮的赛璐珞直角尺,但实际上,那只是一种伪装,以保护他性格里更起伏曲折的那些侧面。最近一次我见到他,是在戛纳的三只铃铛酒吧,那是一年前的事了。他说他在布鲁克林高地有一套寓所,并在曼哈顿一家男生预科学校教希腊语和拉丁语。"不过,"他诡谲地悄声说,"我还有一份兼职。可能你会有兴趣:如果外貌会说话,我想你倒是可以挣点外快钱。"

他跟自己的钱夹一番商量后，先递给我一张百元美钞："今天下午才挣的，跟瓦萨尔学院 09 班一个毕业生玩活塞运动。"然后是一张卡片："这就是我找到那女子的方式。找到他们所有人的方式。男人。女人。鳄鱼。上床好玩又有钱挣。至少说，有钱挣。"

卡片上写道：**塞尔夫服务中心。开办人：维多利亚·塞尔夫小姐**。还有一排位于西四十二大街的地址和一个电话号码，括号里有一个交换台区号。

"所以，"伍德罗说，"打理一下，去见塞尔夫小姐。她会给你一份工作的。"

"我想自己承接不了工作。我太忙了。我正尝试重新开始写作。"

伍德罗咬了一下他吉布森鸡尾酒里的洋葱。"我不会觉得那是一份工作。一周就几个小时。实际上，你以为塞尔夫服务中心都提供什么样的服务啊？"

"种马任务，显然。应招郎。"

"哈，你算是听进去了——你表面上云山雾海啥都不知道似的。种马任务，的确没错。但不是全部。是男女通吃。塞尔夫随时恭候，任何人任何地点任何方式任何时间。"

"奇怪。我从来想象不出你是个出租种马。"

"我也想象不出。但我是其中一种类型：彬彬有礼，灰色套装，角质镜框。相信我，需求量很大。塞尔夫精于各种各样的服务。她花名册上什么都有，从波多黎各恶棍到初出道的警察到股票经纪人。"

"她什么地方找到你的？"

"那，"伍德罗说，"说来可就话长啦。"他又叫了一杯酒；我谢绝了，因为自从我和凯特·麦克劳德经历了上一轮难以置信的杜松子酒狂欢之后，我再没沾过烈性酒，现在喝一杯就已经让我轻微有些耳聋了（酒精首先影响的是我的听觉）。"我只能说是通过我在耶鲁认识的一个伙计。迪克·安德森。他在华尔街上班。一个真够奇怪的伙计，但他干得并不太出色，或者说不足以居住在格林威治镇，养三个孩子，其中两个就读于埃克塞特大学。去年夏天，一次我跟安德森全家人共度周末——太太真是个不错的女孩；迪克和我很晚还在喝冷鸭，也就是用香槟和勃艮第泡沫酒调制而成的混合酒；乖乖，想起来都让我翻腾。迪克说：'大多时候我都觉得恶心。真够恶心。他妈的，要供两个孩子上埃克塞特大学，一个人还有什么不愿做的！'"伍德罗咯咯直笑。"太过于约翰·奇弗里什啦，不是么？体面是体面，却为缴纳乡村俱乐部会费和供养子女读一所像样的预科学校，只好他妈的住远郊，抽劣质烟。"

"不对。"

"不对什么？"

"奇弗是个非常精明的作家，他才不会冒险去写一个叫卖自己鸡巴的股票经理人呢。很简单，因为没人会相信。他的作品永远都很现实主义，即便它们有时显得荒谬——比如《巨型收音机》和《游泳者》。"

伍德罗很不高兴，出于谨慎考虑，我把他那张百元美钞揣进一只内衣口袋，这样他要索回去也不会那么容易。

"如果这是真的，而且它的确是真的，为什么没人相信呢？"

"因为真的东西未必就有说服力，无论生活或艺术都是如此。相信普鲁斯特吧。如果他采用历史纪实的写作手法，而不是性别换位、事件变形以及身份更替，他的《追忆》能有现在那样的特质吗？如果他绝对实打实地写，反而会不那么可信，不过"——我经常都有这样的想法——"那样可能会更好。接受性差一些，但更好。"终于，我决定再来杯酒。"那是个问题：真相即是假相，抑或假相即是真相，或者二者本质是一致的东西？我本人，我不会在乎任何人说我什么，只要说的并非事实。"

"或许你应该放弃那第二杯酒。"

"你认为我醉了？"

"唔，你说话不着边际了。"

"我放松了，仅此而已。"

伍德罗友善地说道："这么说你已经开始写作了。小说吗？"

"报道。纪实。是的，我会叫它小说。如果最后写完。当然啦，我从来没完完整整做完过一件事情。"

"有标题了吗？"噢，伍德罗的花园聚会式问题可真不少。

"《应许的祈祷》。"

伍德罗皱了皱眉。"这我曾经听说过。"

"除非你是那三百位买了我第一部，也是唯一一部出版作品的疯子之一。那本书也叫做《应许的祈祷》。没什么特别的理由。这一次我却有了理由。"

"《应许的祈祷》。引用的吧，我猜。"

"圣特雷莎。我自己从没查过，因此不知道她具体怎么说的，但大体是'让人流泪更多的是得到应许的祈祷，而非未应许的祈祷'。"

伍德罗说："我看见忽明忽暗一丝光影。这书——这书是写凯特·麦克劳德，还有那帮人的。"

"我不会说是写他们的——尽管里面有他们。"

"那是写什么的呢？"

"作为幻相的真相。"

"以及作为真相的幻相？"

"第一种。第二种是另一个命题。"

伍德罗问我作何解，但威士忌开始起作用，我感觉耳朵太背，没法再给他讲；不过如果说的话，那就是：因为真相根本不存在，它永远都只可能是幻相——但幻相，作为一种无意间透露实情的骗术之副产品，却能攀上那些距离不可介及的绝对真理之巅更近的山峰。比如，男扮女装的表演者。当表演者通过再创造将自己演绎成一个女人（假相），这反而展现出他是个男人（真相）——这二者，假相更为真实。

那天下午大约五点钟，办公室的人都在往外拥，我发现自己不由自主地沿着四十二大街搜索，寻找塞尔夫小姐名片上所写的地址。那家公司是在楼上，底楼是一家色情书籍商店。这样的垃圾地方往往都张贴着一层又一层的招贴画，画面上的人晃荡着鸡巴，或是阴唇大开。我正走上前，从里面出来一位顾客，从面相看，是一个颇为体面的小人物，一包东西掉落地上，包裹散开，几打黑白的高光纸杂志散落在人行道上——没什么特别的，就一般的六十九式技巧之类的，还有一些玩三管齐下的肥姑娘图片；不过，仍有不少路人停下来驻足观看物主跪在地上收捡他的财物。色情作品，在我看来，很大程度上是被人误解了，因为它并不会造就色鬼，使他们在小街窄巷游荡——它对于那些性压抑，欲求得不到满足的人来说，乃是一种镇痛剂，因为如果色情作品不能刺激人手淫，它还能有什么用呢？而且，手淫对于那些"膘肥体壮"——如养马圈里的那句话——的男人，无疑是一种更愉快的替代方法。

　　一个波多黎各皮条客在一旁嘲笑躬身捡东西的男子（"我这里就有活生生的婊子，你却弄这玩意儿来干吗？"），但我很同情他：在我眼里，他就像某位年纪尚轻的孤身牧师，盗取了上周日募捐盘里所有的钱来买了那些手淫图片；于是我决定帮他捡拾图片——但我刚要伸手捡，他一掌给我打在脸上：一个空手道劈打动作，感觉一块颧骨肯定给击碎了。

　　"滚开，"他咆哮道。我说："老天，我只是想帮你。"但他说："滚开。不然我揍扁你。"他的脸红得发亮，映红了我的双眼，但我接着意识到，那并非全是愤怒之色，同时也有羞赧之色——我想他先是以为我想偷他的图片，但真正激怒他的，是我试图提供的帮助里暗含的可怜意味。

虽然塞尔夫小姐是一位相当成功的商人，但她肯定没将钱花在显摆上。她的办公室在四段楼梯之上，大楼没有电梯。塞尔夫服务中心：一扇霜花玻璃门上面印着这几个字。但我有些犹豫（真的，我真想做这个吗？唔，这不是什么我乐意做的事，但至少可以挣钱）。我梳了一下头发，揉了揉刚买的五十元两条的特价罗伯特·霍尔人字呢裤子，按了门铃，跨步进去。

外间办公室没有装修，只有一条凳子、一张办公桌和两位年轻男士。其中一位是接待秘书，坐在办公桌后面，另一位是个漂亮的黑白混血儿，穿一套紧跟时代的深蓝色丝质西装；两人都对我视而不见。

"……所以那之后，"混血儿正在说，"我跟斯宾塞在圣地亚哥待了一个星期。斯宾塞！他可真是枚火箭，哇。一天晚上，我们在圣地亚哥高速公路上奔驰，斯宾塞捎上了这黑鬼水兵，一个真正的乡下男孩，像一块亚拉巴马烟熏牛肉，于是斯宾塞就在后排座干上了，之后那小子说：
'我能明白我自己的感受。感觉很不错。但我不明白的是你
们什么感觉。'斯宾塞告诉他说：'哈，小子。味道好极
了。就像串烤嫩逼。'"

那位秘书懒洋洋转过头来看看我，一双冬青色的眼里
满是不高兴。他是一个金发碧眼的白人，可是！——他的肤
色有人造奶油的金色光泽，应是经常到樱桃林去度周末
的。然而，总的来看，他却似乎透着一股无法掩饰的霉
味——狄更斯笔下的赖亚·赫普式人物，只是被太阳晒成
了古铜色。"有事吗？"他问道，那声音从空气中冷冷地爬
过来，好似呼出的一口薄荷味烟雾。

我告诉他我想见塞尔夫小姐。他问我的目的，我说我
有伍德罗·汉密尔顿的推荐。他说："你得填一份我们这个
表。你是申请做客人？还是打算做员工？"

"员工。"

"嗯……"黑美人自言自语道，"这可太糟了。我原本
很乐意炒你的蛋的，老爹。"秘书装模作样嗔怒道，"行
了，莱斯特。把你的烂屁股从姐姐桌子上滚下去，赶紧滚去
美洲宾馆。你五点半有个约会。507 房间。"

我填完问卷——无非就是通常的年龄？住址？职业？婚

姻状况？——吸血鬼德拉库拉的女儿拿着它消失在了里边一间办公室。他刚一走，这边就款步走进来一个姑娘。很胖，但特别吸引人的一位女孩，一个年轻的"羊脂球"，粉嫩光洁的一张圆脸，一对丰乳在夏季粉红衣裙的胸衣里扭来扭去。

她紧挨我坐下来，唇间叼着一支香烟。"怎么了？"我解释说如果她是要火柴，那我帮不上忙，因为我已戒烟了，结果她说："我也戒烟了。只是个道具。我是想问怎么回事，布奇去哪了？布奇！"她叫道，一面站起身一个熊抱，将出来的秘书一把抱住。

"麦琪！"

"布奇！"

"麦琪！"突然，他醒悟了过来，"你个婊子。五天了！你去什么地方啦？"

"你丫想麦琪啦？"

"妈的。我算什么？但西雅图来的那个老家伙。唉，你周四晚上放他鸽子，他差点没闹翻天。"

"对不起，布奇。天哪。"

"可你到哪去了，麦琪？我去过你宾馆两次。我打过一百个电话。你应该回过宾馆的。"

"我知道。可你瞧……我结婚了。"

"结婚？麦琪！"

"别这样，布奇。没什么大不了的。不会有影响的。"

"我想象不出塞尔夫小姐会怎么说。"最后，他终于记起我来了。"哦，对了，"这秘书说道，那语气好似轻轻拂去袖子上的一根棉绒，"塞尔夫小姐这就要见你，琼斯先生。塞尔夫小姐，"他一面为我打开一扇门，一面朗声道，"这位是琼斯先生。"

她模样像玛丽安·摩尔；一位更敦实的、条顿化了的摩尔小姐。灰色的家庭主妇式的发辫捆绑着她窄小的头颅；她没有化妆，身上的套装，或者说是工作服，是像女狱警的那种蓝色哔叽呢材质——一位不事奢华的女士，恰如其办公场所。除了……我注意到她手腕上一只椭圆形状的有罗马数字的金表。凯特·麦克劳德也有一块一模一样的手表，是约翰·菲·肯尼迪送给她的，出自伦敦的卡地亚公司，在当地价值一千二百美元。

"请坐。"她的声音有一种茶杯中的胆怯，但她钴蓝色的双眼却是20/20号的冷钢色，如一位黑社会杀手。她看了一眼与她并不优雅的气质毫不搭调的手表。"跟我喝一杯吧？已经五点过好一阵了。"说罢，她从办公桌下的一个抽屉里取出两个口杯和一瓶龙舌兰——我从未尝过，也不指望会喜欢的东西。"你会喜欢的，"她说。"够鸡巴劲道的。我第三任丈夫是墨西哥人。现在告诉我，"她敲了敲我的求职表，"你以前干过这工作么？专职的？"

有趣的问题；我寻思了一下。"我不能说是专职的。但我确实曾经为……利益干过这个。"

"那就算专职的了。干！"说罢，她一口将整杯龙舌兰干掉。她做了个怪相。打了个颤。"仁慈的上帝，太刺激啦。刺激。来呀，"她说道。"一口干了它。你会喜欢的。"

我感觉味道就像加香水的轻质汽油。

"好吧，"她说，"我把话都跟你讲明了，琼斯。我们的客人中年男人占百分之九十，我们一半的业务或多或少都是不走寻常路的。因此，如果你在这里登记后一心一意只想做种马，那就算了。听清了吗？"

"字字清楚。"

她眨了眨眼，给自己又斟了一杯。"告诉我，琼斯。有什么你不愿做的不？"

"我不受。我攻。但我不受。"

"啊，哦？"她的确是德国人；不过那只是一种如纪念品般的口音，就像一条古董手绢上残留的古龙香水味道。

"是一种道德偏见吗？"

"确切说不是。痔疮。"

"性虐如何？拳交？"

"全套？"

"对，亲爱的。皮鞭。铁链。香烟。拳交。如此之类。"

"我想不行。"

"啊，哦？这个是道德偏见么？"

"我不信奉残忍手段。即使它能给人别样的快感。"

"那么说你从没残忍过了？"

"我没这样说。"

"站起来，"她说。"脱掉上衣。转过身。再转。再慢点。太糟糕了，你要是还高一点儿就好了。不过你身材不错。肚子平坦有型。你那东西怎么样？"

"从没有人跟我抱怨过。"

"也许我们的观众要求会更苛刻些。你瞧，他们经常问这问题：他小弟多大？"

"要看看吗？"我说，一面做出要拉开我超低特价的罗伯特·霍尔裤子裆口的样子。

"没必要这样没品，琼斯先生。你会明白，虽然我这个人说话直来直去，却不是个没品的人。好吧坐下。"她一面说，一面又将我们的龙舌兰酒杯斟满。"刚才一直是我在问。你想要了解些什么不？"

我想了解的是她的生活经历；少有让我如此短时间就感到好奇的人。也许她是希特勒难民，汉堡"堕落大道"——莱泊帮大街上的一位沙场老手，二战前移民到了墨西哥？我还在想很可能她并不是这家商号的幕后老大，而像大多数美国妓院业主和色情咖啡馆老板那样，只是黑手党企业的前台掩护。

"你舌头被猫吃啦？好吧，我肯定你想知道我们的财务协议。每小时标准收费是五十美元，你我对半分，虽然客人给你任何的小费都归你。当然，收费也是有差别的；某些情况下你挣得的远不止这个数。而且，你每介绍一位合格的客人或员工，还会有红利。怎么样？"她说，眼睛像一对枪筒瞄着我，"还有许多规章制度你必须得遵守。不得吸食毒品或过量饮酒。任何情况下都不得与客人直接接洽——所有的业务都必须通过服务中心。任何时候员工都不得与客人有社会交往。任何企图与客人私下交接的行为都将导致你立即被开除。任何敲诈或以任何其他方式使客人难堪的举动，都将导致极其严厉的惩罚——关于这一点，我说的就不仅仅是开除了。"

这样说：那些西西里岛黑蜘蛛真是这张网的编织者了。

"我说清楚了吗？"

"非常清楚。"

秘书突然插了进来。"华莱士先生电话。非常急。我想他是喝醉了。"

"我们对你的意见不感兴趣，布奇。直接把这位先生的电话接进来。"她伸手拿起一个话筒——她桌子上有好几部电话。"这里是塞尔夫小姐。你好吗，先生？我原以为你在罗马呢。噢，我在《时报》上看到的。说是你在罗马，去拜会了大主教。哦，你肯定说得对：那个地方！是的，我听的很清楚。明白。明白。"她在一个便笺簿上快速记录着。我看得明白，因为倒着念字乃是我的一项天赋：广场宾馆713套间华莱士。"对不起，冈波已不在这儿了。这些黑人小孩，一点不靠谱。不过，我们会马上派人过来。哪里哪里。谢谢您。"

然后，她盯着我看了好一阵子。"华莱士是个极其有价值的客人。"她又盯了我好一会儿。"他名字不叫华莱士。我们叫客人都用化名。员工也是这样。你名字叫琼斯。我们会叫你史密斯。"

她撕下那张便笺，捏成一个小球，扔给我。"我想这个你应付得下来。不是真正……真枪实干。更多是一种……护理问题。"

我用广场宾馆大厅里一台脏兮兮的金色内线话机给华莱士先生打电话。接电话的是一只狗——话筒哼嚓一声响，接着传来汪汪的一阵狂吠。"嗨嗨，只是我的狗，"一个玉米饼声音解释道，"每次电话响，他都抢电话。你服务中心来的吗？好，溜上来吧。"

客人打开门时，他的狗闪电般冲进走廊，朝我扑过来，就像一名纽约巨人队后卫。那是一只黑色斑点英国斗牛犬——两英尺高，大约有三英尺宽；他应该有一百磅重，朝我扑过来时的力道如飓风般把我刮到了墙根边。我大声叫喊；狗主人笑道："别害怕。比尔老弟，他只是表示亲热。"一点儿没错。那欲火中烧的混账东西像一匹打了针的种马骑着我的腿。"比尔，别玩了，"比尔的主人命令道，他的声音因为杜松子酒而有些结巴。"我说认真的。够啦。"最后，他给这色魔的项圈上系上链子，才把他从我身上拉开，一面说："可怜的比尔。我一直没状态带他出去溜达。两天没出去了。因此我这才叫服务。第一件事我想请你做的，就是带他去公园遛遛。"

在我们走到公园之前，比尔一直都挺安分。

一路上，我都在寻思华莱士先生这个人：五短三粗一个大肚酒桶，简明的嘴唇上粘着假胡子。时间埋葬了他的俊容，因为他过去算是相当上得了台面的一个人；不过，我还是一眼就认出了他，尽管只见过他一次，并且是大约十年前的事了。但我还清晰记得早先对他的那一瞥，因为那时，他是呼声最高的美国剧作家，而且在我看来，也是最优秀的剧作家；同时，那幕特别的场景也给我留下了深刻的印象：那是午夜后的巴黎，在屋顶公牛饭店的酒吧里，他和三个人坐在一张粉红色台布的桌前，其中两位身穿英国法兰绒的是身价不菲的小骚货、科西嘉岛海盗，而第三位不是别人，正是萨姆纳·威尔斯——《机密》迷们还会记得美国前副国务卿、卧车列车员兄弟会最伟大的好朋友——威尔斯先生。当威尔斯阁下被白兰地浸泡得跟泡坛桃子似的时候，他开始咬两个科西嘉人的耳朵，那活生生的造型才叫有趣，至今还教人记忆犹新。

秋天里散步的路人悠闲地漫步在公园傍晚的小路上。一对日本夫妇爱心泛滥，停下脚步逗比尔玩；某种程度上说，他们是脑子有问题：又是拽他卷曲的尾巴，又是拥抱他的——对此我倒是能理解，因为比尔那凹陷的脸、卡西莫多似的腿，还有那令人费解的扭曲的体形正符合东方人的审美癖好，正如他们喜欢盆栽，喜欢矮鹿，喜欢将金鱼养得五磅重。然而，我本人不是东方人，当比尔将我引诱到草坪里的一棵树下，突然再次向我发动性攻击时，我真个是不喜欢。

我完全不是这般执意的强奸犯的对手，为求权宜计我干脆仰面躺在草地上，任他胡作非为——甚至是鼓励他："就这样，宝贝。让我爽个痛快。干我。"我们还有观众——几张起伏的人脸，在我们撒欢的情人那情欲炽盛的鼓泡眼看不到的远处。某个女人厉声道："你个肮脏的堕落鬼！不要再虐待那动物啦！为什么就没人打电话报警呀？"另一女人说："阿尔伯特，我想回尤蒂卡。今晚上。"垂涎吐舌的比尔喘息着，在胸前划了个十字。

在傍晚的余晖落尽之前，我湿透了的罗伯特·霍尔裤子还不是比尔对我造成的唯一伤害。我将他送回广场宾馆，走进套间的门厅时，踩着一大坨潮乎乎的屎——比尔拉的屎，一个趔趄，摔了个嘴啃地——摔在又一坨屎上。我对华莱士先生说的唯一一句话是："介意我冲个澡吗？"他说："我从来都这要求。"

不过，如塞尔夫小姐所说，华莱士先生，就像邓尼·福茨，对性不那么感兴趣，更喜欢的是聊天。"你是个不错的孩子，"他忠告我说。"哦，我知道你不再是个孩子。我还没醉到那程度。我看得出来你走过了不少里程。但无所谓，你是个不错的孩子；这都写在你眼睛里。受伤的眼睛。受伤与受辱。读陀思妥耶夫斯基吗？唔，我猜那不是你的行当。但你是他笔下人物的一种。受伤与受辱。我也如此；所以说我跟你在一起感到安全。"他转动着眼珠，环视被台灯照亮的卧室，就像一位间谍；这房间看上去像是被一股堪萨斯旋风刚刚卷过——脏衣服扔得到处都是，满屋的狗屎，地毯上一摊摊还没全干的狗尿。比尔睡在床脚边，他的鼾声里面，流露出性交后的忧伤。至少他让他的主人和他主人的客人可以共享一张床铺，床上的客人裸身，主人穿戴整齐，包括脚上的黑皮鞋，还有一件口袋里装着铅笔和一副角框眼镜的马甲。华莱士先生一只手里抓着一个漱口玻璃杯，里面满满一杯原汁苏格拉威士忌，另一只手里一支雪茄，烟头上颤巍巍积聚的烟灰越来越长。偶尔，他会伸手过来抚摸我，一次，滚烫的烟灰灼伤了我的肚脐；我想是故意的，但又认定或许不是。

"安全得如同一个遭追杀的人。一个杀手在身后紧追不舍的人。我很可能会突然横死。如果我突然死了，那不会是自然死亡。他们会尽可能弄得像心脏衰竭。或者是意外事故。但答应我不要相信。答应我你会写信给《时报》，告诉他们是谋杀。"

跟醉汉和疯子说话，永远都要保持逻辑性。"可如果你觉得自己有危险，为什么不报警呢？"

他说："我不喜欢告密。"接着又补充道，"我反正都是个要死的人了。死于癌症。"

"什么样的癌症？"

"血液。咽喉。肺。舌头。胃。大脑。屁眼。"酒鬼最是藐视烈酒的味道；他一口吞下半杯威士忌，打了个酒颤。"全都是始于七年前，当时所有的批评家都将矛头对准我。每位作家都有自己的把戏，迟早批评家会看穿它们。那倒没什么；只要能识别出你来，他们会一直爱你。我的错误在于我讨厌了自己过去的把戏，于是学了一些新的来。批评家们受不了这个；他们痛恨多样化——他们不喜欢看到一个作家成长或者有任何的改变。于是癌症就从这时开始了。在批评家开始说旧的那些把戏是'纯粹的诗力量'而新的把戏是'蹩脚的装腔作势'的时候。六次一连串的失败，四次在百老汇，两次在别的地方。他们出于嫉妒和无知，在谋害我。而且没一点羞耻或悔恨。他们哪里在乎那癌症正吞噬着我的大脑！"然后，他相当自得地说，"你不相信我，是吧？"

"我不相信狂奔了七年的癌症。那不可能。"

"我是个要死的人了。可你却不相信。你根本不相信我患了癌症。你认为这一切都应该是心理医生的事。"不，我想的是：这是个矮胖的家伙，脑袋里装着一个夸张的念头，就像他自己笔下漂泊的女主人公，通过向完全陌生的人呈上半真半假的谎言，以寻求注意与同情。找陌生人是因为他没有朋友，而他没有朋友是因为他唯一怜悯的人是他故事里的人物和他自己——所有其他的人都是观众。"但我告诉你，我确实在看心理医生。我两年里每星期五天每小时花六十美元。而那狗杂种唯一做的就是干涉我的私生活。"

"他们收钱不就是干这个的吗？干涉别人私生活？"

"别跟我耍嘴皮子，老伙计。一点不好笑。科维医生毁了我的生活。他劝我说我不是同志，我不爱弗雷德。他告诉我如果不摆脱弗雷德，我的作家生涯就完蛋了。但事实却是，弗雷德是我生命中唯一有意义的东西。也许我不爱他。

可他爱我啊。他让我的生命不致支离破碎。他不是科维说的骗子。科维说：弗雷德并不爱你，他爱的是你的钱。真正爱钱的却是科维。嗯，我不愿离开弗雷德，于是科维偷偷给他打电话，告诉他说，如果他不全身退出，我就会酗酒而死。弗雷德打理行装，消失了。直到科维医生非常得意地坦陈自己的所作所为，我才明白是怎么回事。于是我对他说：你看，弗雷德相信你的话，因为他太爱我了，所以宁愿牺牲自己。但我错了。因为当我们找到弗雷德时——我雇了私家侦探才在波多黎各找到他——弗雷德说他唯一想做的就是一拳打破我的鼻子。他认为是我叫科维给他打电话的，认为这一切都是我的一个阴谋。不过我们还是和好了。这给我们带来了许多的快乐。六月十四日，弗雷德在纪念医院做的手术，七月四日去世了。他才三十六岁。但他不是假装的；他真得了癌症。那就是心理医生干涉你私生活的结果。看看这混乱样儿！想象一下不得不招娈男妓女来遛比尔。"

"我不是娈男。"尽管我也不知道何必要抗议：我现在是娈男，过去也一直是。

他嘲讽地哼了一声；跟所有脆弱的人一样，他也是个冷心肠。"怎么样？"他说，一面抖落雪茄上的烟灰。"翻过身，把腮帮子张开。"

"对不起，但我不受。攻，可以。受，不行。"

"哦……"他说，拖长的声音如红薯饼那么浆糊，"我不是想要干你，老伙计。我只是想把雪茄灭掉。"

乖乖，我得赶紧逃离这地方！——我抓起我的衣服钻进盥洗间，闩上门。穿衣服的时候，我能听见华莱士先生自言自语在打趣。"老伙计？"他说，"你不会认为我真要这样做吧，老伙计？我不明白。再没人有一点幽默感了。"但当我从盥洗间出来时，他已开始轻声打鼾了，与比尔震耳的鼾声形成轻柔的伴奏。雪茄仍在他指间燃着：很可能某一天身边没人救他时，华莱士先生会如此走掉的。

此刻在基青会，我隔壁小单间睡着一个六十岁的盲人。他是位按摩师，楼下的健身房聘他已有几个月时间了。他名叫波布，是个大肚囊的伙计，身上总是一股婴儿油和斯隆止痛搽剂的味道。一次，我向他说起自己曾做过按摩师，他说想看看我是怎样一个按摩师，于是我们互相切磋技艺。他粗大而敏感的盲人双手一面给我揉按，一面谈起一些他个人的事情。他说自己一直到五十岁都单身一人，然后跟圣地亚哥一个做服务员的女子结了婚。"海伦。她把自己描绘成一个非常漂亮的金发尤物，三十一岁，离过婚，但我猜她不可能有多了不得，不然她何以会嫁给我呢？不过，她身材蛮不错的。我用这双手，可以让她沸腾起来。唔，我们买了一辆福特皮卡和一辆小铝房车，迁居大教堂市——那里地处加利福尼亚沙漠，挨着棕榈泉市。我猜自己可以在棕榈泉某个俱乐部找份工作，并且也确实找到了。从十一月到六月，那地方都相当不错，世界上最好的气候，日暖夜凉，但上帝呀：在夏季，气温可能高达一百二三十华氏度，而且不是你想象的干热，自从他们在那地方建起百万计的游泳池以后就不是那样的了：那些游泳池使得沙漠空气非常潮湿，而一百二十华氏度的潮湿空气并不适合白种男人。或者女人。

"海伦实在遭罪，但也无计可施——我冬季挣得的钱永远不足以让我们夏季逃离那地方。我们在那个铝皮的小房车里被活生生煎烤。就那样坐着，海伦盯着电视看，对我心生怨恨。或许她一直都恨我；或是我们的生活；或是她的生活。然而因为她话不多，所以我们从来很少吵嘴，直至去年四月，我一直都不明白她心里如何想法。那当时，我不得不辞掉工作，住进医院做手术。腿部静脉曲张。我没这份钱，可这事关生死。医生说不然我随时都可能血栓发作。手术后三天，海伦才来看我。她没问我一声怎么样，没有亲我，也没任何其他表示。她说的是：'我什么也不想要，波布。楼下我留了一个箱子，里面装的你的衣服。我唯一要带走的就那辆皮卡和房车。'我问她在说些啥，她说：'对不起，波布。但我得走了。'我吓坏了；我哭了——我哀求她，我说：'海伦，求求你，女人，我是个瞎子，如今又瘸了，而且六十岁了——你不能这样抛下我，没一个家，没个去处。'知道她咋说吗？'如果你没去处，去把天然气打开吧。'这就是她对我说的最后的话。我出院的时候，身上仅有十四美元七十八美分，但我想尽最大可能让自己离这地方远远的，于是我打定主意去纽约，搭顺路车。海伦，无论她在何处，我都希望她过得更幸福。我对她心里没什么怨意，尽管我觉得她对我实在太狠心了点儿。那的确不是件容易的事，一个老瞎子，半瘸着腿，搭顺路车，横跨整个美国。"

一个无助的人，黑漆漆一片等在一条不知名的路边：肯定邓尼·福茨也曾是这感觉，因为我狠心待他的方式，恰似海伦之于波布。

邓尼从沃韦的诊所寄给过我两张便条。第一张简直无法辨认："写字很困难，因为我控制不了自己的手。神父弗拉纳根——知名的神父弗拉纳根之通宵黑鬼娘娘洁食咖啡馆店主——给了我账单,已将我扫地出门。谢谢你,愿上帝保佑。不然我会感到非常的孤独。"六个星期后,我收到一张笔迹稳健的卡片:"请给我电话,沃韦,46 27 14."

我是在皇家庞特酒店的酒吧拨打这个电话的;我记得,在等待邓尼的声音之际,我看着亚瑟·凯斯特勒有条不紊地虐待一个与他同桌的女子——有人说是他的女友;她只是哭,却并不护卫自己,而是任凭他辱骂。看着一个男人哭泣或一个女人被虐待真让人受不了,可是却没人干涉一下,酒吧招待和服务员都装着没看见。

这时,邓尼的声音从阿尔卑斯山的高度降落下来——他听上去肺里面充满了恢宏的空气;他说那过程很难熬,但他现在已准备好离开诊所,问我能否周二去罗马与他会面,鲁斯波利王子("坚果")借给了他一套寓所。我非常怯懦——既是浅表意义的,也是最严格意义的;对待他人,我从来不敢以全然直白的方式表露出自己对他人的真情实感,当我本意是不时,我却会说是。我告诉邓尼我会到罗马见他,因为,我难道能说我永远不想再见到他,说他吓着我了吗?不是因为毒品和混乱的生活,而是他头顶上笼罩的葬礼般的颓废与失败的气息:那种失败的阴影似乎有些威胁到我自己伸手可及的成功。

于是我去了意大利，但去的是威尼斯，而不是罗马，并一直待到初冬，一天晚上我独自在哈里酒吧，才听说邓尼在我原定跟他碰面的几天之后，在罗马死去了。米米告诉我的。米米是一个埃及肥仔，比埃及国王法鲁克还肥，一个穿梭于开罗与巴黎的毒品贩子；邓尼一心扑在米米身上，或者说至少扑在米米提供的毒品上，不过我几乎不认识他，因此被他吓了一跳：他看到我在哈里酒吧里，便一摇一摆地走了过来，拿他口水滴答的树莓色的嘴唇在我脸上亲吻了一下，说道："我不得不笑。每次想到邓尼，我都要笑。他也该会笑的。那样子死法！这只可能发生在邓尼身上。"米米挑了一下他拔过的眉毛。"啊。你不知道？治疗导致的。要是他继续嗑药，他会再活二十年。但是治疗害死了他。他正坐在马桶上拉屎，突然心脏就熄火啦。"听米米说，邓尼葬在离罗马不远的新教徒公墓——但第二年春天我去那里搜寻他的墓地时，却没能找到。

多年来，我都对威尼斯偏爱有加，我曾在那里度过春夏秋冬，最喜欢的却是秋季和冬季，那时节的城市广场上海雾飘荡，云遮雾罩的运河里则颤动着刚朵拉平底船清脆的铃声。我在欧洲的第一个冬天全是在那里度过的，就住在运河大厦顶层一套没有暖气的小寓所里。我从没领教过如此的寒冷；好些时候，外科医生就是切掉我的胳膊腿，我也不会有丝毫的疼痛。尽管如此，我却并没有不快乐，因为我深信自己正在创作中的作品——《百万未眠》是一篇杰作。而今，我明白了那算个什么——一份用维吉·鲍姆烹饪方法调制的超现实主义狗食。虽然提起它脸红，但仅为记录故，这篇文章写的是大约十来个美国人（一对正闹离婚的夫妇，一位与一名年轻富有英俊的窥淫癖男在一间汽车宾馆房间里的十四岁女孩，一个手淫的海军将军，等等），其生活联系的唯一情景是同在看电视，看深夜电影。

每天，我写作此书从上午九点至下午三点，然后三点一到，无论天气如何，我都会徒步游走于威尼斯迷宫直至夜幕降临——到哈里酒吧泡吧的时间到了，于是我逃离严寒，直奔西普里亚尼先生精细到极致的美食佳饮宫殿，投入壁炉边那熊熊的欢快怀抱。冬季的哈里酒吧较之于一年其他时候，是另一类的疯人院——同样的拥挤，但到圣诞之际，这地盘不再属于英国人和美国人，而是归属于怪癖的本地贵族，属于那些面色苍白、鲜衣怒马的年轻伯爵和弱不禁风的公主——这些人不到十月份美国俄亥俄州最后一对夫妇离去，不会踏入这地方半步。每天晚上，我都会在哈里花九或十美金——花在马丁尼酒与鲜虾三明治与波伦亚酱的帽碗蔬菜面上。虽然我的意大利语从来不算好，却交了不少的朋友，可以给你讲很多这方面的乐事（不过，如我一位新奥尔良熟人常说的那句话："宝贝，可别让我开头！"）。

那年冬天，我唯一记得遇着的美国人是佩吉·古根海姆和乔治·阿文，后者是一位美国画家，非常有才华，样子像个平头的金发篮球教练；他爱上了一位刚朵拉船夫，多年来一直跟船夫和船夫的妻子孩子一起生活在威尼斯。（不知何故，这段关系最终散了，之后阿文进了意大利一家修道院，然后不久，据我听闻，他就加入了共济会。）

还记得我的妻子，赫尔嘉吗？要不是因为赫尔嘉——因为我们被法律锁在一起——我可能已跟这个叫古根海姆的女人结了婚，尽管她可能比我年长三十岁，甚至还不止。假如我跟她结了婚，那不会是因为她能把我逗乐——尽管她习惯把假牙摇得咯咯响，甚至说她的长相的确像个长发的喜剧演员伯特·拉尔。她跟十一条西藏小猎犬和一个苏格兰男管家住在维尼尔狮子宫。威尼斯冬季的夜晚，在这座紧凑的白色宫殿打发时光，不失为一件惬意的事情。这管家时常一眨眼就溜伦敦会他情人了，而他的雇主却对此不闻不问，原因是她非常势利，因为这情人据说是菲利普亲王的贴身男仆；我惬意地喝着这位女士上好的红葡萄酒，一面听她高谈阔论，回忆她那些婚姻经历和风流韵事——而当我在小白脸军团的名单中听见萨缪尔·贝克特的大名时，不由地大为惊讶。很难想象还会有比这更怪异的一对，一边是富有、世故的犹太女人，一边是《莫洛伊》与《等待戈多》的禁欲主义作者。这禁不住让人对贝克特……和他装模作样的超然物外与禁欲生活心生好奇。因为，穷困无措，作品不见发的码字员——当时的贝克特正属此列——在选取长相平常的美国铜业女继承人做情妇时，除爱情之外，脑子里不可能没装点其他什么。我本人，尽管说对她心怀仰慕，但我猜自己无论如何仍会对她那些赃物相当有兴趣，而我没有奋勇直前，从她身上捞一把，唯一的原因是自负将我变成了一个十足的大傻瓜；《百万未眠》一朝见印，到时要啥有啥。

只不过这永远没实现罢。

三月份，我完稿后，寄了一份给我的代理玛戈·戴蒙德——一个就会干口活的痘疤脸，而她经人劝说又将我转给她的另一位委托人打理，也就是被我抛弃的爱丽丝·李·朗曼。玛戈回复说她已经将这部小说交给了我第一本书《应许的祈祷》的出版社了。"不过，"她在给我信里写道，"我这样做只是出于礼貌，如果他们拒绝出版，恐怕你得另找代理了，因为我觉得让我继续做你的代表，无论于你于我，都不是最有利的。我得承认，你对朗曼小姐的行为——你对她的慷慨大方作出的非同寻常的回报——影响了我的意见。然而，我不会让这事阻挠我——如果我发现你有无论付出怎样的代价也必须鼓励的才华的话。但我并没有发现，也从不曾发现。你不是艺术天才——而如果你不是艺术天才，那么至少你必须展现出能成为一个实实在在工于技巧的作家之可能。但训练的缺乏，比比皆是的深浅不一，这些都表明你没法成为一个职业作家。你还这么年轻，为什么没想过换个职业呢？"

欠操的婊子！好哇（我心里想道），要让她后悔！甚至是在我到达巴黎，看到那家出版社拒绝该书的美国运通公司快信（"很抱歉，我们觉得如果冠之以小说家之名，支持出版像《百万未眠》这样雕琢如此明显的处女作，对您将会是一种伤害……"），并问我希望他们如何处置书稿时，甚至那个时候，我的信心也丝毫没退缩：我只认为是因为我抛弃了朗曼小姐，她的朋友现在是公报私仇，阻挠我的文学路。

我通过坑蒙拐骗和储蓄，积累下来的钱还有一万四千美元，我不想回美国本土去。却似乎又别无选择，除非是我不想看到《百万未眠》出版：这么大老远的，又没个代理，要想推出一本书是不可能的事。一位诚实有能耐的代理，比一家有良好声誉的出版社更难觅得。玛戈·戴蒙德是最优秀的代理之一；她无论是跟爱摆架子的势利小人如《纽约书评》的员工，还是跟《花花公子》的编辑，关系都非常要好。也许她真的认为我没才华，但那纯粹是嫉妒——因为那馋猫从来就想跟那个朗曼本人玩舌战。然而，一想到回纽约，我的胃里顿时翻江倒海有如坐过山车。我似乎觉得自己再也不能回那座城市了，因为在那地方我没一个朋友，却有不少的仇敌——要回去除非是前面仪仗队开道，胜利的五彩纸屑漫天飞舞。这样夹着尾巴回去，还扛着一本没人要的小说，这需要一种或者比我伟大，或者比我卑微的人格。

这星球上最堪怜悯的部落之一——比挤成一团忍饥挨饿，挨过七个月漫漫冬夜的爱斯基摩人还可悲的——就是那些美国人。他们要么出于虚荣，要么出于所谓的审美品味，要么是因为性或经济问题，自觉自愿将放逐国外当成一种职业生涯。年复一年苟且偷生于国外，从一月到六月，从摩洛哥的塔鲁丹特到意大利的陶尔米纳到希腊的雅典到法国的巴黎，一路追寻春的足迹，这本身就是一种优越姿态的证据，就是一种非凡成就的感觉。事实上，这的确是一种成就，如果你钱很少，或者像大多数的美国汇单族那样，"刚好过活"。如果你够年轻，这样活几年没问题——但那些年过二十五岁——至多三十岁——还追逐这种生活的人会发现，看似的天堂无非是一道背景，一方帘幕，挑开来，露出来只是魔鬼的叉子和烈火。

然而，渐渐地，我被拉进了这污秽的大篷车，虽然过了一些阵子，我还是醒悟了过来。夏季到来，我决定不回去，而是通过邮寄，极力向各家出版社兜售我的书稿。我头痛如裂的日子始于双叟咖啡馆露台上的几杯佩诺茴香酒；之后，我漫步穿过大街，来到利普酒吧，吃泡菜下啤酒，大量的啤酒，再然后，回我在伏尔泰月台酒店舒适的江景小房间里午间小憩。真正的喝酒始于六点左右，到那时，我会乘出租车到丽思酒店，在那里的酒吧中打发入夜的前几个小时，蹭马丁尼喝；如果在那地方没找着主儿，没能求着某位隐蔽男同，或偶尔两个一同出游的女士，或者是一对单纯的美国夫妇请我吃晚饭，结果通常是我就不吃了。我自己的估计是，从营养学的意义上来说，我每天摄入的热量不足五百卡。然而豪饮——尤其是每天晚上在有塞内加尔舞者扭动身躯的卡巴莱夜总会和同志酒吧，像马车酒店和私家花园和亚瑟太太之家和屋顶公牛饭店——干掉的无数杯令人作呕的大肚杯卡尔瓦多斯苹果白兰地常让我看上去精神饱满，威武雄壮，任我内里如何的破败不堪。然而，尽管经历着日复一日的宿醉和一波接一波的翻胃，我仍奇怪地觉得自己过得棒极了，觉得这对于一个艺术家，乃是必要的教育经历——的确，我在这纵酒狂欢中结识的好些人就劈开了苹果白兰地的重重迷雾，在我脑海里笔迹潦草地留下了永不磨灭的签名留念。

我们这就说到了凯特·麦克劳德。凯特！麦克劳德！我的爱，我的痛，我的"诸神的黄昏"，属于我自己的《魂断威尼斯》：无法逃避，充满危险，就像埃及女王克利奥帕特拉胸前的角蝰蛇。

其时已是巴黎晚冬；我在丹吉尔度过醉醺醺的几个月之后，重回旧地。在丹吉尔的大部分时间，我成了一家名叫"杰伊·黑兹尔伍德的游行队伍"的豪华小店的常客。店主是一位瘦高的佐治亚人，为人很和气，因为调制得一手爽口的马丁尼酒和巨无霸的汉堡，很受思乡的美国人欢迎，因此收入不菲；同时，对于那些最受欢迎的外国顾客，他还会送上阿拉伯少男少女的屁股——当然是免费的，只是店家的一片好意。

一天晚上，在游行队伍酒吧，我遇上一个将极大地影响未来种种事端的人。他一头油亮顺滑的中分金发，像1920年代的生发灵广告；他身材修长，雀斑脸，面色清爽，脸上笑容可掬，牙齿健康，虽然多了几颗。他衣兜里满满一口袋炉灶火柴，一根接一根地在拇指指甲上划燃。他大约四十岁，美国人，但口音古怪，这在那些经常讲几种语言的人身上很常见：那不是一种做作，而是一种难以捉摸的语言缺陷。他给我买了几杯酒，我们投了几把骰子；后来我问杰伊·黑兹尔伍德这人是谁。

"不是什么人，"杰伊拖长他那红黏土声音道。"叫阿瑟斯·内尔森。"

"可他干什么的呢？"

杰伊说，说得那么的郑重其事："他是有钱人的朋友。"

"那算什么？"

"算什么？扯淡！"杰伊·黑兹尔伍德说。"做有钱人的朋友，以此谋生，如此一天，其艰难程度超过二十个用铁链锁成一串的黑鬼囚犯一个月的工作。"

"可他是如何靠这个谋生的呢？"

黑兹尔伍德睁大一只眼，眯起另一只眼——一个美国南部马贩子——不过我不是拿他寻开心：我是真不理解。

"你看，"他说，"有很多像阿瑟斯·内尔森这样的小鱼。他也没什么特别的。除了比其他大多数人精明一点儿。阿瑟斯算是不错。比较而言。他每年去丹吉尔两到三次，常常是乘坐某个人的游艇去；每年夏天，他一艘游艇下来，另一艘游艇上去——加维奥塔啊，西斯塔啊，克里斯蒂娜呀，安妮妹妹呀，你随便说。一年的其余时间，则在阿尔卑斯山上——圣莫里茨或格施塔德。或是西印度群岛。安提瓜岛。来佛礁。中途歇脚巴黎，纽约，加州贝弗利山，格罗斯角。但无论他在什么地方，做的都是同一件事情。挥汗挣他的晚餐。通过玩乐——从午餐时间直到灯火落尽。桥牌。杜松子酒。三人台球。老姑娘纸牌，双陆棋。笑逐颜开。闪现他的镶金牙。让那些整天灌补品的老家伙们在远洋沙龙中开心。这就是他巡回挣钱的方式。其他的收入来自泵压各种年龄各式饥渴的女人——她们的丈夫根本不在乎谁干了她们的富庶，只要不用他们自己上。"

杰伊·黑兹尔伍德从不抽烟：一个正宗的佐治亚州山民，他咀嚼烟草饼。此时，他往自己特制的私人痰盂里吐出了一条棕褐色的河流。"太辛苦？我懂。我跟那些眼镜蛇混得他妈相当近。所以说我才有钱开了这家酒吧。但我做这些只是为了我自己。为了让自己有所出息。阿瑟斯，他却迷失在了那生活中。这会儿，在这地方，他正跟巴布一伙人混在一起。"

丹吉尔是一方白色的立体派雕塑，背靠一面山坡，前面是直布罗陀海湾。谁要沿山顶而下，先会经过一片中产阶层城郊，稀稀拉拉点缀着一些样子丑陋的地中海别墅，然后是"现代"城区——过分宽阔的街道，水泥灰色的高楼大厦，一片炙热的乌烟瘴气，再然后是海滨肮脏的阿拉伯城迷宫。除了那些据称在此地从事正经业务的人外，几乎每一个在丹吉尔的外国人来此逍遥都至少是出于以下四个原因中的一条，如果说不是四条全中的话：可轻松到手的麻醉品，情欲旺盛的青春妓男妓女，税收漏洞，或者是因为他太不受待见，塞德港以北没地方会让他出机场或下船。在这个乏味的镇子里，一切最基本的冒险都不复存在。

那当时，统领阿拉伯城的五女王是两个英国男人和三个美国女人。尤金妮亚·班克黑德是其中的一个女性，其创新精神不亚于她姐姐塔卢拉——一个常常在海港的落日黄昏，疯出自己灿烂阳光的女子。还有婕恩·鲍尔斯，一个天才小恶魔，一个欢笑打闹，倍受折磨的小精灵。邪恶得让人惊叹的小说——《两个严肃的女士》和唯一一部戏剧《在避暑之家》——它可以用同样的修饰语来形容——的作者，已故的鲍尔斯太太曾住在卡斯巴一套无比低矮的房屋里——其格局之小，屋顶之低，从一个房间到另一房间几乎得匍匐前进；跟她同住那里的是她的摩尔情人——著名的谢丽法，一位粗野的老农妇，也是丹吉尔最大露天集市的草药和稀有香料女皇 ——如此一个难以相处的人物，也只有天才如鲍尔斯太太这样诙谐且执着于极端稀奇古怪事物的人，才有可能受得了。（"但，"婕恩发出纯洁如天使般的大笑，"我的确是喜欢谢丽法。谢丽法不喜欢我。她怎么可能喜欢我呢？一个作家？一个来自俄亥俄州的残疾犹太女孩？她唯一想的就是钱。我的钱。我仅有的那一丁点儿钱。还有这房子。以及怎样把这房子弄到手。她至少每六个月一次，当了真是要毒死我。可别以为我这是得了妄想症。完全是真的。"）

与鲍尔斯太太这玩偶之家形成鲜明对比的，是一座四周护以围墙的宫殿，它属于这地区从遗传基因上讲货真价实的第三位女王，十美分廉价店土邦主芭芭拉·哈顿——用杰伊·黑兹尔伍德的话说，巴布帮的巴克老妈①。哈顿小姐，在无数临时丈夫、暂时情人以及其他职业不明（如果有的话）者的簇拥下，通常每年统治着她在摩洛哥的府邸一个月左右时间。因为虚弱和惊恐，她很少越过府邸的围墙；也极少极少有当地人受邀跨进过那四面围墙。身为一个四处漂泊的流浪者——今天在马德里，明天在墨西哥——哈顿小姐从不曾有过旅行；她无非是随身运载着四十只大衣箱和她孤岛似的生活环境，穿越国境而已。

"嘿你好啊！想去参加聚会不？"阿瑟斯·内尔森；他在小索科的一个咖啡馆露台上叫我——小索科是阿拉伯城的一个广场，一个从正午到正午弥漫着喧嚣与泡沫的露天社交沙龙；此时已时过午夜。

"瞧，"阿瑟斯说，他只对自己的兴高采烈兴奋；事实上，他正喝着阿拉伯咖啡。"我有个礼物给你。"他手里摆弄着一只扭来扭去的小母狗，滚圆的肚子，一个非洲式发

---

① 巴克老妈：美国一个生养了几个知名罪犯的老妈子。

型的黑小鬼，恐惧的两只大眼睛各有一个白圈——像只熊猫，贫民窟的熊猫。阿瑟斯说："我五分钟前从一个西班牙水手那里买来的。当时他正打这儿路过，水手装短外套口袋里塞着这滑稽的玩意儿。脑袋耷拉在外面。我看见这双可爱的眼睛。这对可爱的耳朵——瞧，一只耷着，一只竖着。我问他，他说他姐姐打发他把这只狗卖给巫先生，那个吃烤狗肉的中国佬。因此我出价一百西班牙银币；这不就是？"阿瑟斯把小狗一把塞给我，像一个加尔各答乞讨女人呈递过来一个遭罪的婴孩。"直到看见你，我才明白为什么买她。你信步走进索科广场。嗯……琼斯先生？我没叫错吧？给，琼斯先生，拿去。你们彼此需要对方。"

狗，猫，小孩，我从没拿任何东西给自己增添羁绊；我给自己换尿布都忙不过来，哪还有时间打理这些费时耗神的活儿。于是我说："算了吧。把她给那中国佬吧。"

阿瑟斯一双眼睛赌徒一般，一眨不眨地瞄着我。他把小狗放在咖啡桌中央。小狗先站立了一会儿，全身颤抖，很痛苦的样子，然后突然后蹲下来，开始撒尿。阿瑟斯！你狗娘养的。修女养的。圣路易斯的骗子养的。我抱起她，用很久以前邓尼·福茨送给我的朗万围巾把她包起来，紧紧地搂在怀里。她不再颤抖。她嗤嗤地闻了闻，叹了几口气，酣然睡着了。

阿瑟斯说："你打算给她取个什么名字？"

"'狗杂种'。"

"嗯？既然我将你俩带到了一起，怎么说你也该叫她阿瑟斯吧。"

"'狗杂种'。像她。像你。像我。'狗杂种'。"

他大笑。"随你吧。不过，我答应请你参加一个聚会的，琼斯。加里·格兰特太太今晚坐堂。很无聊。不过还是请你来吧。"

阿瑟斯，至少是背地里，经常叫小毛头哈顿（温切尔杜撰的一个词）加里·格兰特太太："这是出于尊重，我可是认真的。在她众多丈夫中，他是唯一配这称谓的。他宠爱她；但她却不得不离开他：如果说哪个怪人不是盯着她钱财的话，那她就不相信也不理解他。"

一个戴深红色包头巾，穿一件白色吉拉巴长袍，身高七英尺的塞内加尔人打开了铁门；进门就是一个花园，园子里的南欧紫荆树上灯笼花开，空气里绣着晚香玉催人入睡的香气。我们经此进入一个生气黯淡的房间，屋子里灯光从象牙白的精丝纱幔后面滤出来。浮花织锦的沿墙条形软座上，堆放着华丽的丝质柠檬色、银色和大红色浮花织锦靠枕。几张漂亮的黄铜桌子在烛光下辉光熠熠，上面放着汗涔涔的香槟桶；地板上厚厚地层层堆叠着出自非斯和马拉喀什纺织者之手的小地毯，像一方方颜色古老繁复的怪湖。

客人不多，全都按捺着性子，似乎一待女主人退出房间，就要放肆地尽情狂欢——就像侍臣候着王室退场的那种时时刻刻的紧张压抑。

女主人穿一件莎丽，戴一串深绿色翡翠，斜倚着埋在坐垫里。她双眼空洞呆滞，像那些被长期监禁的人时常流露的眼神，也像她身上的翡翠那般矿化的漠然。她的视线，她看什么不看什么，有一种诡异的选择性：她看见了我，却半点也不注意我怀里的狗。

"噢，阿瑟斯亲爱的，"她病快快地轻声道，"你现在又有什么新发现？"

"这位是琼斯先生。P·B·琼斯，我想应该是。"

"你是个诗人，琼斯先生。因为我是一个诗人。我看人从来都很准。"

不过，她虽然瘦瘪得让人怜悯，却仍算是相当的漂亮——一种好似摇摇欲坠地踩在疼痛之刃上，为病痛磨折的美丽。我记得在某个周末增刊上看到说，她年轻时很丰满，圆滚滚一个胖妹，后来听从一个节食狂的建议，吞下一条或是两条绦虫；现今，看到她那饿得不成人形的样子，她弱不禁风的体态，让人不禁想那些绦虫是否继续鸠占鹊巢，构成了她一半的现有体重。显然，她不知怎的读懂了我的心思："是不是太蠢了。我这样瘦，我太虚弱了，走路都困难。我去哪里都得人架着。说真的，我喜欢读你的诗。"

"我不是诗人。我是个按摩师。"

她皱了皱眉。"《碰伤》。一片叶子落下，我心忧伤。"

阿瑟斯说："你告诉我说你是作家。"

"唔，是的。曾经是。差不多吧。不过似乎相对于写作，我更长于按摩。"

哈顿太太向阿瑟斯寻求意见；似乎他们在通过眼神耳语。

她说："也许他能帮凯特。"

他说——对我说的："你出门旅行方便不？"

"可能吧。别的似乎我也没什么可做的。"

"你什么时候可以来巴黎见我？"他问道，语气突转冷峻，像一个商人。

"明天。"

"不行。下个星期。周四。丽思酒吧。康朋街店。一点一刻。"

女继承人在浮花织锦的鹅绒填充条形软座里叹了一口气。"可怜的孩子，"她说罢，将毫无创意地涂满杏黄色甲油的弯指甲在一个香槟玻璃杯上敲了敲，意即叫那位塞内加尔仆人扶她起来，助她登上铺着蓝色地砖的楼梯，到火光明亮的内室去——在那儿，睡梦之神摩耳甫斯——对于那些狂躁之人，受辱之人，还有尤其是那些有权有势者而言，他永远是个捣蛋鬼——正乐颠颠等候着一场藏猫猫游戏。

我卖掉了一枚蓝宝石戒指，那也是邓尼·福茨送我的一件礼物，而这又是他的希腊王子送给他的生日礼物，我把它卖给了黑白混血的迪恩——迪恩酒吧所有者，游行队伍酒吧在这殖民地里的上流社会顾客群中的主要竞争对手。虽然只是件随赠品，但它却得以让我飞往巴黎，还有"狗杂种"——"狗杂种"塞在一个法国航空旅行袋里。

星期四，一点一刻，我准时走进丽思酒吧，手里仍提着装在帆布包里的"狗杂种"，因为她拒绝留在巴克大街上那家我们入住的廉价宾馆房间。头发油亮的阿瑟斯·内尔森心情很好，笑容满面，正在屋角的一张桌子边等我们。

他拍拍小狗说："噢。很意外啊。我没想你真会来。"

我只说了一句："最好是别让人失望。"

乔治斯，丽思酒吧领班，代基里鸡尾酒专业调酒师。我要了一杯双份量的代基里，阿瑟斯同样也要了个双份的。在他调酒的当儿，阿瑟斯问道："你了解凯特·麦克劳德吗？"

我耸耸肩。"只是在一些垃圾报纸上读到过。很擅长玩步枪。她不就是曾射杀了一头白豹的那位吗？"

"不是的，"他若有所思地说。"她在印度游猎，本来是要射杀一只白豹，却射中了一个人——没致命，还好。"

酒上来了，我们只顾喝酒，彼此再没说一句话，除了"狗杂种"时不时地汪汪几声。纯正的代基里，爽滑的冲劲儿里微微带着点甜味；不正的代基里就一个呛人的酸味。乔治斯把握得恰到好处。因此，我们又要了一份。阿瑟斯说："凯特在这宾馆里有一套寓所，我们聊过之后我想要你去见她。她也在等着我们。不过，首先我想给你说说她的一些情况。要三明治吗？"

我们点了普通的鸡肉三明治，康朋街店丽思酒吧唯一的品种。阿瑟斯说："我在乔特罗斯玛丽中学有个室友——哈里·麦克劳德。他母亲是一位奥蒂斯式的天才，来自巴尔的摩，他父亲在弗吉尼亚州有一块地——具体来说，他在米德尔堡拥有一大片的土地，并在那地方饲养狩猎马。哈里做事非常较真，喜欢争强好胜，而且嫉妒心非常强。不过像他那样富有，那样英俊，那样矫健的人——你很少能听到有人抱怨他。每个人都当他跟平常人没什么两样，除了一件事情很是奇怪——每次大伙儿瞎扯到性的问题，说到他们睡过的女孩儿，想睡的女孩儿，诸如此类的话，嘿，哈里总是嘴巴紧闭。一些人说可能哈里是同志。但我却知道并非如此。这真是一个谜。最后，毕业前的一周，我们喝了好多的啤酒，大家都喝高了——啊，美丽的十七岁——我问是否他家里人都来参加毕业典礼，他说：'我弟弟要来。还有妈妈和爸爸。'我又说：'你女朋友呢？哦，我忘了。你没有女朋友。'他盯着我看了好长一会儿，似乎是在决定到底是揍我，还是不理睬我。最后，他笑了笑；那是我曾见过的人脸上最凶狠的微笑。我也说不出为什么，我惊呆了；那微笑让我想要哭。'不。我有女朋友。没人知道。包括她家人，包括我家人。但我们订婚已经三年了。到我二十一岁那天，我要娶她。我七月份满十八岁，我真想那时就娶她。但

我不能这样。她才十二岁。'

　　"大多数的秘密都不应该说出来，尤其是那些较之于吐露者，对聆听者威胁性更大的秘密；我感觉哈里会与我为敌，因为我哄骗他，或者应该说我允许他吐露了这秘密。然而一旦开了头，就没法中止。他思绪混乱，是神魂颠倒的那种混乱：女孩的父亲——一个叫穆尼先生的人，一个爱尔兰移民，一只来自基尔代尔县的真正的沼泽鼠——在麦克劳德家的米德尔堡农场帮工做马夫。那女孩，也就是凯特，是五个清一色女孩中的一个。这些孩子全都生得有碍观瞻，除了最小的一个——凯特。'我第一次看见她——唔，注意到她时——她六七岁的样子。穆尼家的孩子全都是红头发。但她的头发，整个儿给剪得短短的。像个假小子。她很擅长骑马。她能策马跳跃，跳得你心里怦怦直跳。她眼睛是绿色的。不仅仅是绿色的。我也解释不清。'

　　"老麦克劳德家有两个儿子——哈里和小儿子维恩。但他们一直想要个女儿，然后渐渐地，没有受到女孩家人任何的阻挠，他们就将凯特吸纳进了这个大家庭。麦克劳德太太受过教育，通晓多门语言，擅长音乐，喜欢收藏。她辅导凯特学习法语和德语，教她钢琴。更重要的是。她将凯特词汇里所有的'甬'以及爱尔兰话全清理掉了。麦克劳德太太教她穿衣打扮，带凯特随全家人去欧洲度假。'我从没爱过第二个人。'哈里如是说。'三年前，我叫她嫁给我，她答应不会嫁给第二个人。我给了她一枚钻戒。我从奶奶珠宝盒里偷的。我奶奶认定是丢失了。她甚至还申请了保险赔付。凯特把戒指一直藏在一个衣箱里。'"

三明治送了上来，阿瑟斯将自己那份推一旁，倒是点了一支烟。我自己那个吃了一半，余下的就喂"狗杂种"吃了。

"确实，四年后，哈里·麦克劳德娶了这位几乎不到十六岁的奇特女孩。我去参加了婚礼——在米德尔堡的圣公会教堂举行的——新娘扶着她那沼泽鼠小个子爸爸的手臂，从教堂甬道走下来，我这才第一次见着她。实事求是说，她真是个怪怪的人儿。那份优雅，那种气度，那副唯我独尊的模样：甭管她年龄多大，她简直就是一位了不起的演员。你崇拜雷蒙·钱德勒吗，琼斯？哦，好，好。我觉得他是个伟大的艺术家。我要说的是，凯特·穆尼让我想起来雷蒙·钱德勒式的那些神秘莫测的富家千金女主角。哦，不过她却更加的气质非凡。且不管这些，钱德勒这样描写他的一位女主人公道：'金发女郎处处有，然而金发女郎品相却各有不同。'的确有道理；而对于红头女郎，这句话就更是恰当不过了。红头发的人总是有某种毛病。头发不是卷曲，就是颜色不正，要么太浓太粗，要么太淡如病态。还有他们的肤色——它们排斥所有的自然天气：风吹，日晒，一切东西都会使之褪色。真正漂亮的红发女郎，比一颗四十克拉的完美无瑕的鸽血红宝石还要罕见——或者说有瑕疵的也行吧，对于红发女郎而言。然而这一切都不适合拿来说凯特。她的头发犹如冬日的薄暮，带着最后一抹晚霞的淡淡余晖。我曾见过的红发女郎中，唯一一个肤色能与她相比的是帕梅拉·丘吉尔。不过呢，帕梅拉是英国人，从小深得英国润泽的湿雾滋养——这样的湿雾，每一位皮肤科医生都应该装上一瓶。哈里·麦克劳德对她眼睛的描绘也一点不假。那几乎就是个神话。通常，那双眼睛都是灰色的——蓝灰色，深处闪烁着绿莹莹的光彩。一次在巴西，我曾在海滩上遇着过一个浅肤色的男孩，眼睛微斜，绿莹莹的，跟凯特的眼睛一模一样。像格兰特太太的翡翠项链那种颜色。

"她堪称完美。哈里爱慕她；他父母也非常喜欢她。但他们忽略了一个小小的问题——她非常的精，她脑瓜比他们谁都转得快，她心中的筹划远远超过了麦克劳德的门第。我一眼就看出来了。我属于与她同类的那种人，虽然我不敢妄称有她十分之一的智商。"

阿瑟斯从上衣口袋里摸出一根炉灶火柴；他将火柴在拇指指甲上呼啦一擦，点燃了又一支烟。

"不，"阿瑟斯在回答一个无人提出的问题。"他们从没有孩子。过了好些年，我每个圣诞都会收到他们寄来的贺卡，通常是一张凯特整装上马，像是要去狩猎的照片——哈里则牵着缰绳，一只手里拿着号角。巴伯·海顿，我们在乔特中学认识的一个伙计，一次来参加乔·艾尔索普在乔治镇的小型闲聊晚宴；我知道他住在米德尔堡，于是问起他麦克劳德一家的事情。巴伯说：'她跟他离婚了——她已去国外生活，我想大约是在三个月前。闹得挺厉害，我也只知一二。不过我知道的是，麦克劳德家将哈里打点送去了康涅狄格州一个惬意的小小休假屋，出口有保安把守，窗户上装了牢固的铁栅。'

"我肯定是在八月初听说这事的。我给哈里的母亲打电话——她正在萨拉托加卖马驹——问她哈里的情况；我说想去拜访他，她说不行，不可能的事，然后哭了起来，说了一声对不起，就挂断了电话。

"最近，正好我要去圣莫里茨过圣诞；在巴黎，我稍作停留，顺道去拜访了塔蒂·劳克斯让，她曾经为克里斯托巴尔·巴伦西亚加的巴黎世家做过好些年销售。我请她吃午饭，她说可以，但我们必须得去马克西姆餐厅。我们不能在某个安静的小餐馆见面吗，她说不行，我们必须得去马克西姆。'这很重要。你会明白为什么的。'

"塔蒂预订了一张客厅里的桌子。我们喝过一杯白葡萄酒后，她指了指旁边一张铺陈豪奢，只为一人预留的空桌子。'等着瞧，'塔蒂说。'过一阵子，一位最漂亮的年轻女子将会坐在那张桌子前，孤身一人。过去六个月里，克里斯托巴尔一直为她提供服装。他认为，自格洛里亚·卢比奥之后，再没第二人能与她媲美。'（注：卢比奥太太，一位极尽优雅的墨西哥人，在其婚姻生涯的各个阶段曾分别是德国福斯坦堡伯爵、埃及法克里王子和英国百万富翁洛尔·吉尼斯的妻子。）'整个巴黎都在谈论她，却没人了解她多少。除了知道她是美国人。还有她每天都来这里进午餐。总是一个人。她似乎没有朋友。哈，瞧。她来啦。'

"与客厅里所有人不同的是，她戴了一顶帽子。那是顶非常迷人的软檐黑帽，很大，形状像男式的博尔萨利诺绅士帽。一条灰色的雪纺绸围巾疏松地在喉咙处打了一个结。帽子，围巾，最抢眼的就这两件东西；剩下的就是巴黎世家最普通不过的一套无领直筒帮巴辛绸黑色套装，不过却非常地合体。

"塔蒂说：'她来自美国南方什么地方。名叫麦克劳德太太。'

"'哈里·克林顿·麦克劳德？'

"塔蒂说：'你认识她？'

"我说：'我应该认识。我曾是她婚礼上的一名引座员。太不可思议了。哦，我的上帝，她最多不过二十二岁。'

"我叫服务生给我一张纸，给她写了个纸条：'亲爱的凯特，我不知道是否你还记得我，不过我曾是哈里中学时的一位室友，是你们婚礼上的一名引座员。我将在巴黎逗留几天，非常希望能来看望你，如果你愿意。我住在洛提宾馆。阿瑟斯·内尔森。'

"我注视着她看过纸条，看了我一眼，微微一笑，然后写了一份回复：'我当然记得啦。你离开的时候，若是我们可单独聊一聊，请和我喝杯白兰地。最诚挚的，凯特·麦克劳德。'

"塔蒂未在邀请之列，她竟没半点受到冒犯的感觉，反倒是为之着迷：'我这会儿就不强求你了，但答应我，阿瑟斯，到时给我讲讲她的事。她是我见过的最最漂亮的女子。我原想她至少三十岁了。因为她的"眼睛"——那才叫真正的见识，真正的品味。她简直就是那种青春永驻的人儿，要我说的话。'

"于是乎，塔蒂离去后，我坐到了独自一人的凯特桌前，在她身旁的红色条形软座上坐下。让我意外的是，她还吻了我的面颊。我乍惊乍喜，不禁脸一红。凯特笑了——哦，她这是怎样的笑啊；这笑声常常让我想起炉火边闪亮的白兰地玻璃酒杯——她笑道：'干吗不呢？我已经好久没亲吻过男人啦。除了餐馆男服务生、宾馆客房女服务生或商店店员，我也好久不曾跟任何别的人说过话了。我时常购物。我买的东西可以布置一个凡尔赛宫了。'我问她在巴黎多久了，住什么地方，生活大致情形如何。她说她住丽思酒店，她来巴黎差不多一年了。'至于说我日复一日都干些什么——购物，试衣服，参观所有的博物馆、美术馆，骑马去布洛涅森林公园，看书，昏天黑地地睡觉，还有就是每天在这同一张桌子前吃午餐：我这个人没多少想象力，不过从宾馆走过来还是挺愉快的，而且也没太多的饭店能让一个年轻女子这样惬意地独自进午餐，而不让人多少觉得异样。甚至是这里的店主，沃达布勒先生——我觉得最初他肯定也以为我是个交际花什么的。'我于是说：'不过这

样的生活肯定相当孤单吧。你就不想和人交往吗？就不想有点变化吗？'

"她说：'想啊。我想往咖啡里加一种别的利口酒。我从来没听说过的那种。有什么建议么？'

"于是我说起马鞭草酒；我想起这酒，是因为这酒的颜色是跟她眼睛一样的绿色。这种酒由成千上万种山中草药制成；除了在法国，我在其他任何地方都没见有过，而且即使在法国，有这酒的地方也极少。它的味道很不错；却又有私酿劣酒的冲劲。于是，我们喝了几杯马鞭草酒。凯特说：'不错，的确不错。真是与众不同。再有就是——我现在认真回答你——我已开始感觉……唔，不是无聊，而是一种诱惑：害怕，但很受诱惑。当你身处痛苦之中太长时间，当你每天早上醒来都有一种愈发强烈的歇斯底里的感觉时，那么无聊就正是你想要的东西——马拉松式的沉睡，内心里的沉寂。每个人都想要我去医院；只要哈里的母亲高兴，原本我做什么都愿意的，只是，我知道自己永远无法再活一次了，永远无法感受到诱惑，除非我不依赖任何人，只靠自己去尝试这件事。'

"我突然冒出一句：'你滑雪不错吧？'她说：'没准我本会滑得不错的。可哈里总是拖着我去加拿大这可怕的地方。颜色灰暗的石头。零下三十度。他喜欢那地方，是因为那里所有人都那么丑陋。阿瑟斯，这酒真是一个了不起的发现。我感觉自己的血管不容置疑地开始解冻了。'

"我又说：'你愿意跟我去圣莫里茨过圣诞吗？'她想知道的是：'这是柏拉图式的邀请么？'我在胸前画了个十字。'我们住皇宫酒店，你愿意和我隔几层楼就隔几层。'她笑道：'答案是同意。不过条件是你再给我买一杯马鞭草酒。'

"那是六年前的事情了——老天，想想那之后这桥下曾流淌过多少鲜血。不过圣莫里茨那第一个圣诞节啊！真的，来自弗吉尼亚州米德尔堡的这位年轻的麦克劳德太太是自汉尼拔翻越阿尔卑斯山之后，瑞士发生的最重要的事情之一。

"任其怎么说，她都是一位相当了不起的滑雪手——可以媲美多丽丝·布林纳、优金妮·尼阿科斯或玛丽拉·阿涅利：凯特、优金妮和玛丽拉成了波布西三胞胎①。她们常常每天上午乘坐直升机上科尔维利亚俱乐部，吃过午饭，

---

① 《波布西双胞胎》是美国出版时间最长的系列童书，以两对"波布西双胞胎"为主人公。此后用来代指两个气质外形相似，时常成双出现的人。"三胞胎"是对此的引申。

下午再滑雪下来。大家都非常喜欢她。希腊人。伊朗人。德国佬。意大利面条。每次晚宴，伊朗王无一例外都会邀请她与自己同桌。而且不仅是男人——还有女人，甚至是像年轻美貌的菲奥娜·蒂森和多洛莉丝·吉尼斯这样强有力的竞争对手，也都反应热烈，我想是因为凯特的态度拿捏得非常有分寸：她从不卖弄，每次去参加聚会，她总是随我一同去，随我一同离开。几个白痴以为我俩之间有韵事，而聪明一点的则说——而且确实如此——像凯特这样羽翼的天鹅，怎么也不可能对阿瑟斯·内尔森这样只会玩玩双陆棋的混混感兴趣的。

"再说了，我也没兴趣做她情人。我不过是一位朋友；一个兄长，或许可以这么说。我们那时常常冒雪在圣莫里茨附近白茫茫的森林里漫步。她经常讲起麦克劳德一家人，以及他们对她和她姐姐们——相貌平平的穆尼姊妹——是如何的好。但她避免提及哈里的名字，而且即便言及，话语间也轻描淡写，虽则有些怨恨的色彩——直到一天下午，我们当时正漫步于皇宫酒店下一个冰冻的湖边，一匹经过的雪橇马在冰面上滑倒，两条前腿摔断了。

"凯特尖声大叫。那尖叫声整道山谷里都能听见。她一路狂奔，径直撞上了另一架在街角处拐弯的雪橇。她身上并没受伤，却陷入了一种歇斯底里的昏迷——直到我们把她送回宾馆，她都几乎没任何意识。巴德鲁特先生已叫来医生等候在宾馆。医生给她打了针，这一针似乎让她心脏重新启动起来，眼神也重新聚拢。他想安排一名护士过来，但我说不用了，我会陪着她。于是，我们将她安顿上床，然后医生又给她做了穿刺，以彻底消除她任何恐惧的痕迹；到这个时候我才意识到，在那优雅考究的水面下，一直游弋着一个快要被淹死的恐惧的小孩。

"我调暗灯光，她说求你别走，我说我不会走，我就坐这里，她说不，我要你躺我边上，躺床上来，于是我躺到床上，我们手握着手，她说：'对不起。都是因为那匹马。摔倒在冰面上的那匹马。我一直想要一匹帕洛米诺银鬃马，两年前在我生日那天，麦克劳德太太送了我一匹，一匹母马——非常了不起的一个猎手，真的好勇敢；我们在一起是那么的快乐。自然，哈里恨她；这一切都是缘于他疯子一样的嫉妒心理，就如自我们还是孩子的时候，他对我的那样子。一次，我们婚后的那个夏天，他把我栽种的一园子花全给毁了；开始的时候，他说是狐狸干的，但接着他又承认是他自己干的：他说花园占去了我太多的心思。也因为如此，他不想让我要孩子；他母亲常常提起这话题，结果在一次星期天晚宴上，当着全家人的面，他朝着他母亲大吼：
"你想要一个黑人孙子吗？还是你们这些人不了解凯特？她
睡那些黑鬼。她跑田里去，躺地里，睡那些黑鬼。"他就读
华盛顿与李大学法学院，却因挂科被勒令退学，因为如果
不将我置于他的监视之下，他就无法集中精神；他开封并
读我所有的信件，甚至是我自己都还没来得及看的信；他
监听我所有的电话：你随时都能听见电话另一端他轻微的
呼吸声。老早就再没人邀请我们参加聚会了；我们甚至不
能去乡间俱乐部——无论哈里是醉酒还是清醒，通常如果
是哪个男的邀请我跳舞超过一次，哈里就准备要对他挥拳
头了。最糟糕的是——他确信我一直跟他父亲和弟弟维恩
有私情。一百次，他夜里将我摇醒，一把刀子比着我喉
咙——他说："老实给我交代，你个贱货，你个婊子，你个
睡黑鬼的。自己承认吧，不然我割断你喉咙，把你整个下巴
从左耳到右耳割开。我会把你脑袋切下来。老实给我说。维
恩是一头种马，你遇到过的最厉害的种马，还有爸爸也是，
一头非常了不起的种马。"我们就这样躺上几个小时，阿瑟
斯——那把冷冰冰的刀架在我喉咙上。麦克劳德太太，还有
所有人，他们都知道这事；但麦克劳德太太常常是哭着求
我不要离去，她确信无疑如果我离去，哈里会自杀。接着我

的帕洛米诺银鬃马姆姆遭遇了那件事情。甚至是麦克劳德太太也不得不正视哈里精神错乱的严重程度——这种疯狂的嫉妒。因为哈里干了这么一件事：他来到马厩，拿一根铁撬棍，将姆姆的四条腿全砸断。甚至连麦克劳德太太也明白了，一切都无济于事，哈里迟早会杀了我的；她租了一架飞机，我们飞去太阳谷，在那地方跟我待在一起，住满六个星期，以达到爱达荷州的离婚条件。一个了不起的女人；我圣诞节给她打了电话，她很高兴听说我在圣莫里茨，并且出门跟人交往了：她想知道是否我遇到了什么有趣的男人。好像我还要再结婚似的！'"

"可你知道，"阿瑟斯说，"她的确结婚了。而且是不到一个月之后。"

是的：我记起了巴黎报刊亭里那铺天盖地的杂志封面：《星报》、《巴黎竞赛》、《ELLE》。"当然。她嫁给了……？"

"阿克塞尔·耶格。德国最有钱的人。"

"到现在她跟阿克塞尔·耶格离婚了吗？"

"没真正离婚。就因为这原因，我才想要你去见她。她现在处境相当危险。她需要保护。她也需要一位能长期跟她一同旅行的按摩师。一个受过教育的人。看得过去的。"

"我没受过教育。"

他耸耸肩，瞟了一眼手表。"我可以现在给她打电话，说我们正在上楼吗？"

我应该听从"狗杂种"的；她呜呜地哀鸣，像是在警告我。然而，我却让自己被牵着鼻子走，跑去见了凯特·麦克劳德。凯特，一个我将为之撒谎，为之偷窃，为之犯罪，并足以因此被判终身监禁——这危险过去存在，现在依然存在——的女人。

变天了；阵雨——让人振奋的一番浇洒，驱散了曼哈顿臭烘烘的热浪。但这并不是说真有什么东西能清除掉我心爱的基督教青年会里那股护裆和来苏消毒水的味道。我一觉睡到中午，然后给塞尔夫服务中心打电话，要求取消他们给我安排的约会：下午六点见一个住在耶鲁俱乐部的嫖客。但那个被太阳亲吻过的白痴——那个金黄色的布奇说："你疯了吗？这可是一笔大买卖。一次轻轻松松挣百元大钞的好机会。"见我仍不情愿（"说真的，布奇，我脑袋他娘的痛死了"），他直接接通了塞尔夫小姐本人的电话。塞尔夫小姐让我真实地领教了一回纳粹恶魔伊尔斯·科赫的布痕瓦尔德集中营（"啊，是么？你还想干不？你不想干了？

半吊子我们不需要！"）。

行吧，行吧。我冲过澡，修了面，到了耶鲁俱乐部，身穿一件领尖扣衬衫，短发，谨言慎行，不胖，不女性化，年龄三十到四十岁之间，鸡巴大而适中，彬彬有礼：恰如那位嫖客所要求。

他似乎对我很满意；一点不费事儿——匍匐的劳作，紧闭双眼，偶尔一声装着很享受的哼哼，就如一个人幻想着达到强制性的高潮时那样（"别忍着。给我"）。

那"老主顾"——用塞尔夫小姐的术语来说——非常矍铄，头顶毛发已渐稀疏，坚硬如核桃；这个六十五岁左右的男人已婚，有五个子女和十八个孙辈及外孙辈。曾经丧妻的他，大约十年前娶了自己的秘书——一位比自己年轻二十岁的女子。他曾是一家保险公司的主管，现在已退休，在宾夕法尼亚州的兰卡斯特市附近有一家农场，在那里养牛，并种植"稀有"玫瑰作为业余爱好。在我穿衣服之际，他告诉了我这一切。我很喜欢他，而最喜欢他的，则是他没问及任何关于我个人的事情。我准备离开时，他递给我一张名片（对于匿名意识极强的塞尔夫顾客来说，这的确是绝无仅有的了），并说如果我什么时候想要从脚跟上掸去城市的尘土，随时给他电话：欢迎我去阿普尔顿农场度假。他名叫罗杰·W·阿普尔顿。他完全没半点下流意思地向我眨眨眼，愉快地告诉我说，阿普尔顿太太是一个很善解人意的女人："爱丽丝是个不错的人。但从来静不下来。她看书相当多。"这话照我的理解，是一种玩 3P 的暗示。我们握过手——他握手相当有劲，我的指关节麻了足足有一分钟——我答应会考虑的。唉，的确是值得考虑的啊：遍野的牛群，绿色的草地，玫瑰花，不会有……

所有这一切！鼾声。污浊的呼吸。窒息的压抑。搜寻的脚步声，啪嗒啪嗒，哀戚如死了爹娘。在回"家"的途中，哈哈，我买了一品脱清仓处理的杜松子酒——那种不兑水的玉液琼浆，能封住无数贫民窟里的喉咙。我两大口干掉了一半，然后开始打起盹来，开始回想起邓尼·福茨，希望自己能冲下楼去，登上一辆巴士，登上魔幻菇快车，租一个鱼雷，载着我直冲终点，一路狂奔至那个癫狂的迪斯科舞厅：神父弗拉纳根之通宵黑鬼娘娘洁食咖啡馆。

打住吧。你喝醉了，P·B，你是个失败者，一个混账愚蠢的醉酒的失败者，P·B·琼斯。所以晚安啦。晚安，沃尔特·温切尔——无论你正在怎样的地狱里受炙烤。晚安了，美国先生和美国太太，以及所有出海的船只——不论你们正沉入怎样的海洋。我特别要向那个睿智的哲学家——八岁的弗洛丽·罗汤多道一声晚安。弗洛丽——我说认真的，宝贝——我希望你永远也别抵达地球的中心，永远也别找到铀、红宝石，还有原姿原态的怪物。我真心地希望，任那有多么的诱人，我希望你已经搬去了乡下，并在那里开心永远。

第二篇

凯特·麦克劳德

"我也许是一只害群的黑羊，但我的蹄子却是金子做成的"

P·B·琼斯，

乘兴之语

那个星期，我神圣的雇主——维多利亚·塞尔夫小姐三天之内安排我出场了七次"约会"，尽管我从支气管炎到淋病，借口找尽。如今，她又试图说服我出镜一部色情片（"P·B，听我说，亲爱的。这是个上档次的东西。有脚本。我可以一天给你两百"）。但我根本不想涉足那样的东西，不单是现在。

可是，昨天夜里我感觉血液沸腾难抑，心绪躁动无法入睡；我办不到，我实在没法就这样眼睁睁地躺在如此圣洁的基督教青年会单人小间里，听我的基督教道友们半夜里放屁和在梦魇中呻吟的声音。

于是，我决定步行去距离这里不远的西四十二街，进一座氨水味弥漫的通宵电影宫殿里寻一部电影瞧瞧。我出发时已过了一点钟，我的步行线路携我经过了第八大道的九个街区。妓女、黑人、波多黎各人、几个白人，以及整个街头社会的各个阶层——衣着华丽的拉美皮条男（其中一个戴一顶白水貂皮帽，腕上一个钻石手镯），在门口嗑药嗑得迷迷糊糊的海洛因嗑客，妓男，其中最无畏的要数那些吉卜赛男孩和波多黎各人以及离家出走的红脖子乡下土包子，年龄都不过十四五岁（"先生！十美元！带我回家！整个晚上随你上！"）——如屠宰场上空的秃鹰般在人行道上盘旋。然后是偶尔巡逻开过的警车，车上的乘客因这样的景象看得太多，他们双眼迷蒙，一副兴致索然，视而不见的神情。

我沿途经过装载区酒吧，那是位于四十大街与第八大道路口的一家性虐酒吧；一伙人——一群皮夹克皮头盔的豺狼——挤在人行道上大笑叫嚷，中间围着一个年轻男子，穿着与其余人等一模一样，伸展四肢躺在人行道与路缘之间，不省人事，他所有的朋友、同事、虐待者——或任他妈你如何称呼的那帮人——正往他身上撒尿，将他从头到脚浇了个透。没人在意；好吧，有人注意到，但不过是略微放缓脚步罢了；他们继续往前走去，除了一群实在看不下去的妓男妓女——有黑有白，其中至少一半都是异装癖男——不停地朝那伙撒尿的人吼叫（"别这样子！哦，别这样子！你这些娘娘腔。你这些龌龊的娘娘腔！"），并拿手中的钱包打他们——后来，那群夹克男孩调转水龙头向他们喷去，一面笑得更欢了，这些身穿紧身裤，头戴超现实主义假发（蓝莓，草莓，香草，非洲金）的"女孩"扭着屁股沿街四下奔逃，一面尖声大叫，却又快感十足："基佬。娘娘腔。龌龊下流的基佬。"

他们聚在街角，犹豫着是否要嘘一位布道者，或者是一个口才平庸的演说家，一个吞噬妖魔鬼怪的伏魔师，因为见他正猛烈地朝一群来来去去，无精打采的听众狂轰滥炸：妓女，毒贩与叫花子，以及刚刚从港务局汽车终点站下车的穷白鬼乡巴佬。"是的！是的！"布道者尖叫道——一家热狗摊闪烁的灯光染绿了他年轻、紧张，充满饥渴的歇斯底里的脸。"魔鬼正在你们体内兴奋地打滚，"他尖叫道，他那俄克拉何马口音刺耳如带刺铁丝网。"魔鬼就蹲伏在那里，你们的罪恶把他喂得肥肥的。让主的光明将他饿得无处藏身吧。让主的光明升举你们上天堂吧——"

"哦是吗？"一个娼妓叫道，"没有啥样子的主能把你这样重的人举上天堂。你满肚子大便。"

布道者恨得嘴角直抽，简直要发疯。"渣滓！垃圾。"

一个声音回复他道："闭嘴。不要骂他们。"

"啥？"布道者再次尖叫道。

"我比他们好不到哪里去。而你也比我好不到哪里去。我们都同样是人。"突然，我意识到这是我自己的声音，我心里道乖乖噢乖乖，耶稣啊，小子，你这是疯啦，你脑子从耳朵里流出来啦。

于是，我赶紧溜进前面最近的一家电影院，也顾不得看里面放的什么电影。在大厅里，我买了一块巧克力和一袋奶油爆米花——早饭后我还没吃过任何东西。然后，我在楼座上找到一个座位，却不曾想犯了个错误，因为这种二十四小时营业场所的楼座正是那些不知疲倦的性猎人在一排排座位间来回穿梭游荡之地——不成样子的妓女，六七十岁的女人，为一美元（"五十美分？"）就愿为你吹；还有什么也不要就可以提供同样服务的男人，以及其他的男人，那些有时十分因循旧道的主管之类的人，他们似乎特别擅长搭讪那些数不清的昏睡的醉汉。

然后，银幕上我看见了蒙哥马利·克利夫特与伊丽莎白·泰勒。《美国悲剧》，这电影我至少看过两遍，并不是因为它如何了不起，不过影片到底还是不错，尤其是结局的一幕，在这特定的时刻徐徐展开：克利夫特和泰勒站在一起，中间隔着牢房铁栅门，一间死囚牢房，因为克利夫特仅有几个小时就要被执行死刑了。克利夫特已是他那件灰色死囚衣包裹下的一具诗化的幽灵，而十九岁的泰勒光彩耀目，娇嫩欲滴如一支雨后丁香。悲伤。悲伤。足以让残酷成性的罗马皇帝卡利古拉飙泪。我被满嘴的爆米花给哽住了。

电影结束，随之又马上开始放映《红河》——一个牛仔爱情故事，主演是约翰·韦恩和刚才的蒙哥马利·克利夫特。这是克利夫特的第一个重要电影角色，正是这一角色让他成了一个"明星"——回想起来，我这样说是有充分理由的。

还记得特纳·博特赖特吗，那个已故的，不那么受人悼念的杂志编辑，我从前的导师（和死敌），那位被一个因吸毒而发狂的拉美人暴打致心脏停止跳动，眼珠子从脑袋里爆出来的亲爱的人儿？

一天上午，当时我还承着他的恩宠，他给我电话，邀请我去参加晚宴："就一个小型聚会。总共六人。我为蒙弟·克利夫特举办的。你看过他新近的一部电影——《红河》

吗？"他问道，并进而解释说他认识克利夫特很久了，在他还是一个非常年轻的演员，还是阿尔弗雷德·朗特之类演员的门生之时就认识他了。"因此，"博帝说，"我问他是否有什么人他特别希望我邀请的，他说有，多萝西·帕克——他一直想见多萝西·帕克。我心里想哦我的上帝——因为多蒂·帕克如今已是一个嗜酒如命的酒徒，你永远不知道她那张脸什么时候会一头栽进汤钵里去。但我还是给多蒂去了电话，她说哦如果能来她会万分激动的。她认为蒙弟是她见过的最漂亮的年轻男子。'但我来不了，'她说，'因为我已经答应那天晚上跟塔卢拉共进晚餐了。你是知道她的：要是我说不去了，她一定会骂死我。'于是我说听着，多蒂，交给我来处理：我会给塔卢拉打电话，请她也一起来。事情的结果便是这样子的。塔卢拉说她很愿意来，亲—亲—亲爱的，只是有一件事情——她已邀请了爱斯特尔·温伍德，她可否带上爱斯特尔呢？"

这主意真够让人兴奋的，想想吧，这三位可怕的女士齐聚一堂：班克黑德、多萝西·帕，以及爱斯特尔·温伍德。博帝邀约的时间是七点半，这样晚餐前有一个小时的鸡尾酒时间——他亲自下的厨：塞内加尔汤，一个焙盘炖菜，色拉，各式各样的奶酪，还有一个柠檬蛋奶酥。我稍微提前了一点到，想看看有什么可以帮忙的，但博帝身穿一件橄榄绿丝绒夹克，显得镇定自若，一切都井井有条，没什么需要搭手的，除了点蜡烛。

主人给我们每人斟了一杯他"特制的"马丁尼——冰至零度的杜松子酒，加入一滴绿茴香酒。"没加苦艾酒。只加了一丁点绿茴香酒。一种古老的配方，我从维吉尔·汤普森那里学来的。"

七点半变成了八点，到我们喝第二杯酒的时候，其他的客人已迟到超过了一个小时，博帝那编织得光洁细致的沉着镇静开始散线了；他开始啃指甲——一种最没个性特征的嗜好。到九点钟，他爆发了："我的上帝，你明白我都花了多少工夫吗? 我不了解爱斯特尔，但另外三个可都是酒鬼呀。我邀请了三个嗜酒如命的人来吃晚餐! 一个就够糟糕了。但却是三个啊。他们竟然一个也不来。"

门铃响了。

"亲—亲—亲爱的……"是班克黑德小姐，身子在与她蓬松起伏的长发同样颜色的貂皮大衣里扭来扭去。"对不起。都是出租车司机的错。他带我们找错了地方。去了曼哈顿西区一个糟糕的寓所。"

帕克小姐说："本杰明·卡茨。他叫这个名字。那个出租车司机。"

"你记错了，多蒂，"温伍德小姐纠正道，同时几位女士扔掉外套，在博帝的陪同下，走进他灯光昏暗的维多利亚风格客厅，那里一个大理石壁炉里的木柴正兴高采烈地噼啪着。"他名字叫凯文·欧利里。感染了严重的爱尔兰病毒。所以才不清楚自己在往什么方向去。"

"爱尔兰病毒？"班克黑德小姐说。

"酒，亲爱的，"温伍德小姐说。

"啊，酒，"帕克小姐叹了口气。"我需要的正是这东西，"虽然她略微有些飘忽的脚步表明，她恰恰不应该再贪这杯酒。班克黑德小姐吆喝道："来一杯波旁威士忌鸡尾酒。别那么小家子气。"帕克小姐推说肚子有什么不适，先是推辞不喝，接着又说："好吧，要不就一杯葡萄酒好啦。"

班克黑德小姐仔细地瞅了站在壁炉旁的我半天，然后突然向前一个俯冲；她个子很小，不过她粗声大气的嗓音和奔涌难抑的活力使她看起来就像一个勇武的女斗士。"啊哈，"她眨了又眨她那双近视眼，"这位可是克利夫特先生，我们伟大的新星？"

我告诉她说不是的，我名字叫 P·B·琼斯。"我不是什么名人。只是博特赖特先生的一位朋友。"

"不是他的某个'侄子'吧？"

"不。我是个作家，或者说想要当作家。"

"博帝有太多的侄子了。我真不明白他什么地方找来这么多。混账东西，博帝，我的波旁呢？"

客人们在博帝的马鬃长沙发上坐定，我认定这三个人当中，爱斯特尔·温伍德——一位当时六十出头的女演员——最为迷人。帕克— 她看上去像那种在地铁上你会立马给她让座儿的女人，像一个孩子那样弱不禁风，无力得具有欺骗性，似乎一觉睡了四十年方才醒来，一双肿泡眼，嘴里装了假牙，呼吸中散着威士忌酒气。至于班克黑德——她脑袋相对于身体显得太大，双脚太小；然而，她的存在感是如此强大，区区一个房间根本容纳不下：需要有一个礼堂才行。而温伍德小姐则是一个奇异的人物——修长如蛇，挺直如一位中学女校长，戴一顶黑色阔边草帽，整个晚上都不曾摘下；那帽檐的影子遮住了她珍珠白的傲慢的脸，掩盖着——虽然并不太成功——她淡紫色眼睛里隐隐燃烧的淘气的火焰。她此刻正抽着一支烟，并且会一支接一支地抽下去，跟班克黑德小姐一样；帕克小姐亦是如此。

班克黑德小姐借另一支烟点燃了自己的这支，然后宣布道："昨晚上我做了一个奇怪的梦。我梦见自己在伦敦的萨沃伊。跟乔克·惠特尼在跳舞。多么迷人的一个男士。那对红色的大耳朵，那对酒窝。"

帕克小姐说："哦？有啥好奇怪的？"

"没啥。只是我有二十年都没想起过乔克了。然后就在今天下午，我看见了他。他正穿过五十七大街，他走一个方向，我走另一方向。他没多少变化——稍微有点发福，有点儿双下巴。上帝呀，那会儿是多么的开心啊，我们在一起的时候。他常常带我去看球；还有赛马。可是我们在床上从来没有好过。又是这样的情况。有一次，我浪费了五十美元一个小时，去看一个心理医生，想弄明白为什么跟自己真正喜欢的男人从来进入不了状态。而像舞台管理之流我从来看不上眼的人却能让我瘫在床上。"

博帝端着酒杯进来；帕克小姐只一口就干掉了杯里的酒，然后说："你干吗不直接把酒瓶拿来放桌子上呀？"

博帝说："我不明白蒙弟是怎么了。至少他可以打个电话吧。"

"喵！喵。"伴随猫的哀号，前门传来指甲抓门的声音。"喵！"

"请原谅，先生，"年轻的克利夫特先生一面说着，一面跌进屋来，他抱紧博帝才站稳了身子。"我一直睡到现在，才睡过了酒劲儿。"要我说的话，我觉得他这酒劲儿并没真的睡过去。博帝递给他一杯马丁尼，我注意到他使劲儿握住酒杯，双手都在颤抖。

皱巴巴的雨衣下面，他穿着一条灰色法兰绒便裤和一件乌龟领套头毛衣；他还穿了一双多色菱形花纹的短袜和一双平底便鞋。他踢掉鞋了，在帕克小姐的脚边蹲下。

"你的故事我喜欢，我喜欢一个女人一直等待电话铃响的那个故事。等待一个想要不理她的男人。她不停地编造理由解释他为何没打电话，恳求自己不要给他打过去。这个我很清楚。我曾有过那样的经历。那又是另一个故事了——'大波金发美眉'——故事里的那个女人吞了所有的药片，却没死成，她醒了过来，还得继续活下去。哇，我可讨厌那样的事儿了。你知道有谁身上发生过这样的事吗？"

班克黑德小姐大笑。"当然她知道啦。多蒂经常大把地吞药片，或是割手腕。我记得有一次去医院看她，她两只手腕上扎着粉红丝带，上面还系着可爱的粉红色小蝴蝶结。波布·本奇利说：'多蒂她要是继续这样，不出多久，总有一天会伤着自己的。'"

帕克小姐争辩道："本奇利才没说。是我说的。我说："我要是继续这样，总有一天我会伤着自己的。'"

接下来的一个小时里，博帝蹒跚来回于厨房与会客厅之间，一趟趟地取酒过来，一面为他的晚餐惋惜不已，尤其是焙盘炖菜，因为都快要烧干了。一直到十点之后，博帝才劝得其他人围坐到餐厅桌子上来，而我则负责斟酒，反正那似乎是唯一让大家感兴趣的滋养品了：克利夫特一支烟掉在自己碰也没碰一下的塞内加尔汤碗里，木然地望着空气发呆，好似在扮演一名患弹震症的士兵。他的同伴们装着没有看见，班克黑德小姐继续在讲她那漫无边际的逸闻趣事（"那当时，我在乡下有一套房子，爱斯特尔还跟我在一块儿，我们舒展四肢躺在草坪上听收音机。那是个手提式收音机，最早期的那种产品。突然一名新闻播音员插了进来；他说他受命准备播报一条重要消息。结果是关于林德博格绑架案的。说一个人如何借助梯子翻进一间卧室，然后偷走了婴儿。新闻播放完毕，爱斯特尔打了个哈欠说：'唔，我们跟那种事可是八竿子打不着，塔卢拉！'"）。她还在讲着自己的故事，帕克小姐却做出一个非常奇怪的举动，吸引了所有人的注意；甚至班克黑德小姐也哑了声。眼中噙着泪花，帕克小姐轻轻抚摸着克利夫特那神情恍惚的脸庞，她粗短的手指温情脉脉地轻轻抚过他的额头、他的面颊、他的嘴唇、他的下巴。

班克黑德小姐道："讨厌，多蒂。你以为你是谁呀？海伦·凯勒吗？"

"他真美，"帕克小姐低声自语道。"细腻。那么的精致。我见过的最美的年轻男子。好可惜他却喜欢舔鸡巴。"说完，她小女孩般大睁着双眼，一副甜甜的样子，说："噢。噢天哪。我有说错什么话吗？我是说，他喜欢舔鸡巴，是吗，塔卢拉？"

班克黑德小姐说："唔，亲—亲—亲—爱的，我真—真- 真—的不知道。他从来没舔过我的鸡巴。"

我眼睛已睁不开；太无聊了，这部《红河》，厕所消毒剂浓烈的味道也让我喘不过气来。我得去喝一杯，随即便在三十八大街和第八大道路口的一家爱尔兰酒吧得以如愿。这时差不多到了打烊时间，不过一台自动点唱机还在转动着，一名水手自个儿在和着音乐跳舞。我要了一杯三份分量的杜松子酒。我打开钱夹，一张名片从里面掉了出来。一张白色的商务名片，名片上有一个男人的姓名、地址和电话号码：罗杰·W·阿普尔顿农场，711 信箱，兰卡斯特市，宾夕法尼亚州。电话：905－537－1070。我怔怔地看着名片，想不明白它是怎样到自己手里来的。阿普尔顿？咕噜噜一大口杜松子酒唤起了我的记忆。阿普尔顿。当然啦。我们塞尔夫服务中心的一位客户，少有的一位让我有愉快回忆的客人。我们在耶鲁俱乐部他的房间里共处过一个小时；一个年纪颇大的男人，但有过风雨历练，强壮，有型，握手简直要捏碎你骨头。一个不错的人，很开朗——他告诉过我他很多的事情：他第一任太太去世后，他又娶了一位年轻许多的女子，他们住在一片绵延起伏的农场上，那里到处是果树和遍野的奶牛以及奔腾跌宕的窄小溪流。他给了我他的名片，并让我给他打电话，欢迎随时去做客。在自艾自恋的拥抱中与酒精的怂恿下，我全然不顾及这时至少应是凌晨三点了，居然叫酒吧招待给我五美元的二十五美分硬币。

"对不起，兄弟。可我们就要关门了。"

"求你啦。有急事。我要打一个长途电话。"

他一面数给我硬币，一面道："无论是何方女子，她也不值得你这样。"

我拨了这个号码，接线员要求再加四美元。电话响了六七声，才有一个女人的声音接了电话。因为睡意，她的声音低沉而迟缓。

"你好。阿普尔顿先生在吗？"

她迟疑了一下。"在。但他在睡觉。不过如果有什么重要的事……"

"没。没什么重要事情。"

"请问你是哪位？"

"就告诉他……就说一位朋友给他打来电话。他冥河彼岸的一位朋友。"

且回头说说那个冬日的下午，我在巴黎第一次见到凯特·麦克劳德的事吧。我们一行三位——我本人，我年幼的杂种狗"狗杂种"，还有阿瑟斯·内尔森——全挤在丽思酒店内一部贴着绸缎衬里的狭窄电梯里。

我们坐到顶层，然后下了电梯，顺着堆放着一溜老式扁行李箱的走廊往前走，阿瑟斯说："当然，她并不清楚我带你来这地方的真正原因……"

"这样说的话，我也不清楚啊！"

"我只是对她说，我发现了一位非常了不得的按摩师。你知道，去年她一直遭受着背痛病的折磨。她换过无数医生，这里的和美国的。有人说是椎间盘突出，有人说需要做脊柱融合术，但大多数人都认同说这是身心失调所致，是一种虚病。可问题是……"他打住了话头。

"是啥？"

"可我告诉过你的。刚才。我们在酒吧喝酒的时候。"

我们谈话的丝丝缕缕在我脑海里回放。凯特·麦克劳德是德国工业家、据传是全世界最富裕者之一的阿克塞尔·耶格的妻子，两人目前分居。早些时候，她十六岁时，曾嫁与弗吉尼亚州一位富有的养马人的儿子为妻。她的爱尔兰父亲曾在这人家里做过驯马师。那次婚姻终结的理由很充分——严酷的精神折磨。之后，她移居巴黎，并在这些年里，成为一位受时尚报刊青睐的女神：凯特·麦克劳德赴阿拉斯加猎熊，踏上非洲游猎之旅，现身金融家罗思柴尔德的舞会，与格蕾丝王妃一同现身巴黎赛马大会，登临希腊船业大亨斯塔夫洛斯·尼阿科斯的游艇。

"问题是……"阿瑟斯寻词儿道。"正如我对你说过的，她身处险境。她需要……唔，有人陪着她。一位贴身保镖。"

"靠，我们干脆把'狗杂种'卖给她不就得了么？"

"求你了，"他说。"这不好笑的。"

那是阿瑟斯所说过的最真实可信的话。在一个黑人妇女打开房门之际，要是我能预见他正把我引入怎样的迷宫，那该多好啊。那黑人妇女穿一套干净利落的长裤套装，脖子上和手腕上盘绕着无数的金链。她嘴里也满是黄金；她那具假牙与其说是牙齿，倒不如说是一种投资。她一头卷曲的白发，圆圆的脸上没一丝皱纹。要是叫我猜她年龄，我会说四十五，四十六；后来，我得知她是个童养媳。

"柯琳！"阿瑟斯大叫道，并亲吻了那女人两边面颊。"最近还好吧？"

"从没这样好过，也从没这样糟过。"

"P·B，这是柯琳·本尼特，麦克劳德太太的家勤。嗯，柯琳，这是琼斯先生，按摩师。"

柯琳点了点头，但她眼睛一直紧盯着蜷缩在我胳膊下的狗。"我想知道的是，那只狗叫啥？最好不是送给凯特小姐的礼物。她一直都念叨着要再养一只狗，自从菲比——"

"菲比？"

"我们不得不把她给杀了。不久后的某一天他们也将这样对待我。但别跟她提这个。不然又要刺激到她了。行行好，我从没见过有大人哭成这样子的。来吧，她在等着你们呢。"然后，她又压低声音，补充道，"那个阿普费尔多夫太太跟她在一起。"

阿瑟斯扮了个怪相；他看着我，似乎要说什么，但这其实没有必要；我翻阅过足够多的《Vogue 服饰与美容》和《巴黎竞赛》杂志，非常清楚佩拉·阿普费尔多夫为何许人。南非一个顽固的种族主义铂金大亨的老婆，跟凯特·麦克劳德匹敌的一位世界级人物。她是巴西人，私下里——虽然这是我后来才发现的——她的朋友都叫她黑公爵夫人，暗指她并非她自称的纯正葡萄牙后裔，而是一个里约热内卢贫民窟的孩子，身上有相当一部分的印第安血统——如果传言真实的话，对于那个希特勒似的阿普费尔多夫先生这可是一个不小的玩笑。

那套寓所紧挨在宾馆的屋檐下；每个房间里都有偌大显眼的圆形屋顶窗，透过窗户可以俯瞰旺多姆广场；这些房间都一般大小，起初它们都是服务员单人间，但凯特·麦克劳德将其中六间串成一体，并将每间根据特定功用进行了装饰。其结果就是，它们整体看上去就像是一整排一间挨一间的公寓房，不过装修却非常的豪华。

"凯特小姐？先生们到了。"

如同中了魔法，还没明白咋回事，我们便已进到了凯特·麦克劳德的卧室。"阿瑟斯。我的天使。"她坐在一张床的边沿，正梳理着头发。"来杯茶吗？佩拉正好在喝茶。

或是来杯酒？不要？那我要一杯。柯琳，给我来一滴马鞭草酒好吗？阿瑟斯，你怎么不把我介绍给琼斯先生认识一下呢？琼斯先生，"她向安坐在床边一张椅子上的阿普费尔多夫太太吐露心声，"将驱走我脊柱里的魔鬼。"

"哦，"头发油滑光泽似乌鸦，声音也似乌鸦般粗哑聒噪的阿普费尔多夫太太说，"我希望他比派给我的那虐待狂、那小日本莫那要强。我再也不会信任莫那了。也不是说我过去就信任过那小日本。你真不敢相信都是怎样的状况！他让我赤身裸体躺在地板上，然后，他光着脚，站在我脖子上，在我背上来回走来走去，简直可以说就是在舞蹈。那个痛苦啊。"

"哦，佩拉，"凯特·麦克劳德充满怜悯地说。"你知道什么叫痛苦呀？我才在圣莫里茨待了一个星期，从没见过一对滑雪板。从没走出过我房间半步，除了去看海尼。就那样躺着，一边嘎嘣嘎嘣地嚼多睡丹，一边祈祷。阿瑟斯，"她一面说，一面把立在她床边一张桌子上的一个银质相框递给阿瑟斯，"这是海尼最近的一张照片。可爱吧？"

"这是麦克劳德太太的儿子，"阿瑟斯解释说，同时给我看相框里的照片：一个胖嘟嘟的小孩，表情严肃，严实地包裹在围巾、皮衣、皮帽里，手里拿一个雪球。我这才注意到，房间里到处都摆着这同一个男孩不同年龄时候的照片，足有几十张之多。

"很可爱。他现在多大了？"

"五岁。哦，四月份满五岁。"她又继续梳理头发，不过动作生硬，带有破坏性。"简直就是一场噩梦。他们从不让我单独见他。亲爱的弗雷德里克叔叔和亲爱的奥托叔叔。那两个老处女。他们总是守在一旁。盯着。数亲吻了多少下，随时准备着钟点一到，就立马把我请出门。"她一把将梳子扔到了屋子对面，惹得"狗杂种"汪汪直叫。"那是我自己的孩子呀。"

黑公爵夫人清了清嗓子；那声音就像乌鸦在漱口。她说："绑架他。"

凯特·麦克劳德大笑，跌坐在一堆波特豪特枕头里。"不过说来也奇怪。从上周到现在，你是第二个给我提这主意的人了。"她点燃一支烟。"我并非真的就从没出过门。在圣莫里茨，我是出去过。两次。一次是出席为伊朗国王举办的晚宴，另一个晚上是去国王俱乐部参加一个叫明戈的疯狂放荡客的聚会。然后我遇见了这个非凡的女人——"

阿普费尔多夫太太说："多洛莉丝去了吗？"

"去哪儿？"

"参加伊朗国王的聚会。"

"人太多啦，我记不起来了。问这个干吗？"

"没啥。只是一些传言。谁主办的呢？"

凯特·麦克劳德耸耸肩。"某个希腊人。利瓦诺斯家的人吧，我想。晚宴后，国王陛下又施展起了他的绝活：让所有人在桌子边上坐几个小时，听他讲毫无趣味的笑话。法国人。英国人。德国人。波斯人。个个都笑得鬼哭狼嚎，即便是他们　个字也没听懂。看着法拉赫·狄巴才真是让人痛苦；她的脸红得跟啥似的——"

"听样子似乎跟我们一起在格施塔德萝实学院上学的时候相比，他还真是没咋变呢。"

"我让尼阿科斯坐我旁边，可仍没用。他喝下肚去的科涅克上等白兰地都足够用来腌犀牛了。他突然转向我，非常挑衅的样子，对我说：'看着我的眼睛。'呵，我根本做不到——他的眼睛失焦了。'看着我的眼睛，告诉我，这世界上什么东西让你觉得最快乐？'我告诉他睡觉。他说：'睡觉。那是我所听说过的最可悲的事情。你有成千上万年的时间睡。听我给你说什么东西让我最快乐。打猎。杀戮。在密林中悄悄潜行，射杀老虎、大象、狮子。然后，我又归于一个和平的人。开心。对此你有何评价？'我说：'那是我所听说过的最可悲的事情。杀戮与毁灭，在我看来，似乎是一件非常可怜的事情，而不是快乐。'"

黑公爵夫人微微颔首，赞同道："的确，那些希腊人心肠可真够狠毒的。那些富有的希腊人。他们跟人类的相似度就如同郊狼之于狗。郊狼样子像狗；但它们当然不会是狗了——"

阿瑟斯插话道："可是，凯特，你喜欢打猎啊。这个你作何解释？"

"我打猎只是为好玩。我喜欢漫步，喜欢荒野。我唯一杀过的就是一头科迪亚克熊，而且还是出于自卫。"

"你可射过一个人啊，"阿瑟斯提醒她道。

"只是打在了腿上。他也活该。他杀了一头白豹。"柯琳端着一杯马鞭草酒进来了，阿瑟斯说的没错——那酒和她深绿色的眼睛简直绝配。"不过我要告诉你的是，我在明戈的方丹戈舞狂野派对上遇到的这位了不起的女人。她在我一旁坐下，说道：'你好呀，宝贝。我听说你是美国南方女孩，我也是。我来自亚拉巴马州。我叫维吉尼亚·希尔。'"

阿瑟斯说："那个维吉尼亚·希尔？"

"噢，直到明戈给我讲了，我才意识到她是如此响当当的一个人物。我以前从没听说过她。"

"我也没听说过,"阿普费尔多夫太太说。"她是谁呀?演员?"

"一个匪徒的姘头,"阿瑟斯告诉她道,"头号通缉犯。联邦调查局在美国每一个邮局都贴有她的照片。我读过一篇关于她的文章,标题叫'地下麦当娜'。所有人都在找她,不仅是联邦调查局的人。但主要还是她以前那些匪徒朋友:他们担心她一旦被联邦调查局抓住,可能会吐出太多太多的东西。当形势太过于严峻时,她逃往墨西哥,跟一位奥地利滑雪教练结了婚;那之后,她一直藏身于奥地利和瑞士。美国人一直没能将她引渡回国。"

"我的上帝,"阿普费尔多夫太太画了个十字,"她肯定是一天到晚都心惊胆颤的。"

"不是心惊胆颤。是绝望,甚至可能自杀过;不过,她戴着一副快活开朗的面具,让人真以为她就那样性格。她一个劲儿地搂我,捏我,对我说:'能跟家乡来的人聊聊天真好。妈的,你可以把整个欧洲揉成一团,塞进屁眼里。瞧见我这手没有?'她把一只手给我看;上面包裹着药膏和纱布,然后她又说:'我老公跟一个只长脸蛋不长脑子的蠢妞被我捉奸在床,我打碎了她的下巴。我本来也要打破我老公下巴的。如果他不跳窗跑掉的话。我猜你知道我在国内所有那些麻烦事儿；不过有时我觉得，倒不如回去，把事情作个了解，倒还好一些。我在这地方，跟蹲监狱也没什么两样。'"

阿瑟斯说："可她到底啥样子呢？美吗？"

凯特想了想。"跟美不沾边，不过很漂亮，很妩媚，像路边餐馆服务员那样妩媚。她脸蛋不错，不过是双下巴。我想象不出来她一对奶子有多重——至少好几公斤吧。"

"求你啦，凯特，"黑公爵夫人埋怨说。"你知道我不喜欢那样的字眼。奶子。"

"噢，对。我老是记不住。你是巴西修女教育出来的。别说这个了，我要说的是，突然这女人将嘴唇贴着我耳朵，悄声道：'你怎么不绑架他？'我只是怔怔地望着她；我不明白她在说啥。她说：'你了解我的一切，而我呢也了解你不少。你如何跟那个混账的德国佬结的婚，他又如何把你一脚踢出门，还不给你孩子。听着，我也是个做母亲的人。我有个儿子。所以我知道你心里的感受。他有钱有势，再加上欧洲这样的法律，你拿回孩子的唯一办法就只能是绑架。'"

"狗杂种"呜呜哀鸣；阿瑟斯在口袋里将几枚硬币弄得

叮当响；阿普费尔多夫太太说："我认为她说的一点没错。而且可行。"

"对，可行，"阿瑟斯说。"相当他妈危险的一件事。不过的确可行。"

"怎么个可行呀？"凯特·麦克劳德双拳捶打着枕头叫道。"你知道那房子。像一座城堡。我根本不可能把他带出来。就算是没那些老处女叔叔之类的目不转睛地盯着也不可能。那么多的仆人。"

阿瑟斯说："没关系，这方面问题有办法应对的。如果计划周密的话。"

"然后呢？一旦警报响起，我往瑞士边境走不出十英里。"

"不过假如，"阿普费尔多夫太太用低哑的嗓子说道，"假如你不从边境走。不要乘车，我是说。假如你有一架格鲁曼喷气式私人飞机，等候在山谷里。所有人坐上飞机，这就成了。"

"去什么地方？"

"美国！"

阿瑟斯非常兴奋："对！对！一旦你到了美国，耶格先生就拿你没办法啦。你可以提起离婚诉讼，在美国没哪位法官不将海尼的监护权判给你的。"

"白日梦。异想天开。琼斯先生，"她说，"对不起让你久等啦。按摩台在那边的小房间里面。"

"异想天开。也许吧。但我会想想这事儿的，"黑公爵夫人说，一面站起身。"下周我们一起吃个午饭。"

阿瑟斯吻了一下凯特·麦克劳德的面颊。"我晚一点会给你打电话的，亲爱的。照顾好我的姑娘，P·B。你完了以后，来酒吧找我。"

我在铺设按摩台时，"狗杂种"跳上床，蹲下就开始撒尿。我赶紧伸手去揪她。"没什么大不了的。这床上还发生过更糟糕的事情呢。她长太丑啦，好可爱。我喜欢她黑色的脸，眼睛周围两个巨大的白圈。像个熊猫。她多大啦？"

"三个月，也可能四个月吧。内尔森先生送我的。"

"他怎么不送给我呢。她叫什么名字呀？"

"'狗杂种'。"

"你可不能这样叫她呀。她那么的迷人。我们想一个更合适的名字吧。"

我把按摩台铺好后，她一个翻身从床上下来，拖着一袭透明罗纱短便裙，罗纱之下不着一丝。她的阴毛与齐肩的蜜红色头发完全一个颜色；货真价实一个红毛女，的确不假。她很瘦削，但身形再增加分毫都是多余；因了她完美的姿势造型，她看上去比实际要高——差不多和我一样高：五英尺八英寸。她悠然自若地穿过房间，两只得意扬扬的乳峰几乎没一丝儿颤动，然后摁了一下一台立体声唱机按键：西班牙音乐——塞哥维亚吉他曲——舒缓了沉默的压力。她默然无语地走到按摩台前，躺卧在上面，任她销魂的长发从台面的边缘铺洒而下。她叹了一口气，合上那灿烂的双眸，双眼那么闭着，似乎是摆好造型准备做死者面模。她没化妆，亦无须化妆，因为她高高的颧骨有着一种天然的温润色晕，她那讨人喜欢的噘起的双唇天然带着一种粉红。

我感觉裆部一阵躁动，那股躁动逐渐变得坚挺，随着我凝目缓缓滑过她那健康的、雕塑般的修长身躯，她丰满圆润的双乳，她圆实的臀部弧线，以及她伸展至双脚的那双平放的美腿——她的脚很秀气，只是两只小脚趾因滑雪生了拇囊，从而略有瑕疵——我的手有些拿捏不稳，掌心潮湿，我咒骂自己道：够了，P · B——你这样可很不专业的啦，老兄。然而不管用，我的鸡巴紧顶着裆口。可是啊，过去我从不曾这样不由自主过，尽管我给别的人也做过按摩，而且不仅是一般的按摩，还遇到过不少的撩人的女子——虽然，老实说，没一个能与这个海洋女神伽拉忒亚相比的。我将汗湿的手掌在自己裤子上擦了擦，开始给她拿捏脖子和肩部以上区域，揉捏绷紧的皮肤和肌腱，就像一个商人轻摸细捻贵重的布匹。开始的时候，她紧绷着，但渐渐地，在我循循善诱的摩挲下，慢慢舒展放松下来。

"Mm～，"她喃喃道，像一个瞌睡的孩子。"真舒服。告诉我，你怎么落到我们调皮的内尔森先生手里的？"

我很高兴能说说话；说点啥都行，只要能转移我的注意力，别老想着那捣蛋的硬邦邦的玩意儿。我不仅告诉她自己如何在丹吉尔一家酒吧遇见阿瑟斯，还进而简要介绍了Ｐ·Ｂ·琼斯的个人简况，以及他的游历。一个私生子，出生于圣路易斯，在一个天主教孤儿院长大，十五岁那年逃往迈阿密，做了大约五年按摩师——直到我攒足钱，前往纽约碰碰运气，去尝试我真正想望的人生——当作家。成功了吗？唔，既成功了也没成功：我出版了一部短篇小说——没人理睬，很不幸，包括评论界和公众；因为失望，我来到欧洲，经年累月到处游走，四处坑蒙拐骗讨饭吃，一面努力地写一部小说；然而，那同样也是哑弹一枚。于是我来到了这里，仍是漂泊流浪，前方的未来远不过明天。

此时，我的手作滚动式圆周运动，已按摩至她腹部，进而下至她的髋部，再而，我眼睛盯着她玫红色的阴毛，脑子里想起了爱丽丝·李·朗曼，想起爱丽丝·李·朗曼讲她的一个波兰情人，喜欢在她阴道里塞满樱桃，然后再一个个地吃出来。我丰富的想象力更强化了那幻觉。我想象去了核的柔软的樱桃，浸在一钵暖融融的香浓奶油里，奶油中加了糖，我看见凯特·麦克劳德用那让人垂涎的手指从碗里拈出奶香润滑的樱桃来，一个个往里面塞进去——我的双腿颤抖，我的鸡巴一冲一冲地振动，我睾丸紧拳，似守财奴的拳头。我说了声："请稍候，"然后走进盥洗室去，身后"狗杂种"跟着进来，不解地望着我，顽皮而饶有兴致地看我拉开裤子拉链，开始自撸。没什么费事：抖索了几下子，我发射出满满一载荷，差点没把整个地板淹没。用克里内克丝面巾纸清理掉证据后，我洗过脸，擦干手，又回到我的客户身边，我的双腿孱弱似晕船的水手，但鸡巴却仍处于半致敬状态。

巴黎冬日的暮色染花了屋顶窗；灯光描画出她的身影，衬托出她脸庞的轮廓。她带着笑问我，口吻里摇曳着一丝戏谑："感觉好些啦？"

我有点气咻咻地说："麻烦你现在翻过身去……！"

我给她按摩后颈，手指微波细浪式的在她脊柱上移动，她躯干跟着震颤，说话似喵喵猫叫。"你知道，"她说，"我给你的狗想好了一个名字。菲比。我曾经有一匹小马驹就叫菲比。还有一条狗也叫这名字。不过也许我们得问一问'狗杂种'。'狗杂种'，你喜欢叫菲比不？"

"狗杂种"蹲下在地毯上开始撒尿。

"你看，她喜欢这名字！琼斯先生，"她说，"帮我个忙好吗？让菲比今晚上跟我一块儿好吗？我讨厌一个人睡。我一直好怀念我另外那只菲比。"

"我没问题，只要……菲比觉得没问题。"

"谢谢。"她简单地说了一句。

但其实有问题。我感觉我要是把"狗杂种"留这儿陪这个女巫，她将永远不会再属于我。或者说，也许，我将永远不会再属于我自己。似乎我已滑入了怒涛白浪之中，那冰冷而又沸腾的激流挟裹着我，将我推搡向一道如诗如画却又卑鄙歹毒的瀑布。与此同时，我的双手依然慰藉安抚着她的后背，屁股，双腿；她的呼吸变得均匀而平静。我确信她已睡着，于是躬身吻了一下她的脚踝。

她动了一下，但没有醒。我在床边坐下来，菲比——对，菲比——跳上来，蜷在我身旁；不多久，连她也睡着了。我曾经被爱过，但之前我从不懂爱，因此我也没法理解那种在我脑子里像雪橇一样横冲直撞的悸动与欲望。我能做什么，我能给予凯特·麦克劳德什么，才能迫使她尊重和回馈我的爱？我目光在房间里游弋，最后落在了那些摆着她孩子的银色镶框照片的壁炉台和桌子上：如此严肃的一个小孩子，虽然有时也会笑，或舔食蛋卷冰淇淋，或伸出舌头扮怪相。"绑架他"——黑公爵夫人不是提出过这建议么？荒谬如是，但我却看见自己宝剑出鞘，阉割恶龙，杀入地狱，救出这孩子，将他安全送还母亲的怀抱。异想天开。扯淡。然而，某种直觉却告诉我，这孩子就是答案。我悄然无声地踮着脚尖出了房间，关上门，既没惊动菲比的睡梦，也没惊扰她新的女主人。

暂停。我得去削几支铅笔，开写一个新的笔记本了。

这次暂停可真够长；将近一个星期。不过如今已是十一月，天气陡然间冷得不可理喻；一次我冒着狂风暴雨出门，染了登革热。我本来不会出门的，要不是我的雇主维多利亚·塞尔夫小姐——那个"呼屎唤屄"服务大祭司——紧急传信，命令我前去她办公室的话。

每当我想到这女人一定正大把大把往口袋里捞钱的时

候，她以及她那些黑手党匪帮，我真的是整不明白，她为什么就不能掏点钱出来，找个稍微不那么肮脏破烂的总部，而不是窝在四十二大街这家色情书刊店楼上一套两室的烂地方。当然了，顾客很少会看到办公场所；他们只是通过电话联系。因此，我猜她是在想，干吗要浪费钱娇惯那些帮工，也就是我们这些可怜的妓男妓女。我被淋得跟水里打过滚似的，雨水简直要从我两只耳朵里喷涌出来了；我跌跌撞撞爬上两段吱嘎吱嘎的楼梯，再一次面对那扇霜花玻璃门，门上面镌刻着几个字：塞尔夫服务中心。请往里走。

　　四个人挤在狭小、空气污浊的等候室里。萨尔是一个矮个儿的健壮意大利人，手上戴一枚结婚戒指；他是塞尔夫小姐的一位兼职警察。安迪因入室盗窃，正处于缓刑期；如果不仔细打量，你会当他是一名普通的大学生；他一如既往地在吹口琴。再一个就是布奇——塞尔夫小姐的那位没精打采、金发碧眼的秘书；此刻，火焰岛带给他的最后一抹古铜色都已弃他而去，他看上去就更像个浑身霉味的赖亚·赫普[1]了。还有麦琪也在——一个圆滚滚的甜美女孩：

---

[1] 赖亚·赫普：狄更斯的名作《大卫·科波菲尔》中的一个反面角色，面色苍白，令人厌恶，卑躬屈膝却又野心勃勃。

上次我见着她的时候，她刚结了婚，惹得布奇极度愤慨。

"猜猜她又干了什么！"我走进屋时，布奇正嘶声叫道。"她怀孕了。"

麦琪央求道："求你啦，布奇。我不明白你为什么这样大惊小怪的。我也是昨天才知道的。不影响的。"

"你偷偷摸摸跑去跟这个混球结婚时，你也是这句话。麦琪，你知道我喜欢你。可你怎能让这样的事情发生呢？"

"求你啦，宝贝。我保证。再不会发生这样的事情了。"

布奇仍是一脸的怒气，不过缓和了几分，他哗啦啦翻阅着办公桌上的资料，然后转头面向萨尔。

"萨尔，我希望你别忘了五点钟在圣乔治宾馆你有个预约。907房间。他的名字叫沃森。"

"圣乔治宾馆！老天，"萨尔嘟哝道——他绰号叫"十分钱"，因为他的一样能耐：他粗短的鸡巴完全勃起时，粗得足够排列十个一美分的硬币——"是在布鲁克林区。我他娘的得在这样的天气，急匆匆赶去布鲁克林？"

"这是五十美元的约会。"

"希望不是要玩什么新花样。我玩不来新花样的。"

"不是什么新花样。也就一般的金色淋浴。那先生口渴了。"

"嗯，"萨尔一边说，一边走向屋角的冷水机，扯下一个迪克西纸杯，"我想最好是先把自己灌满点。"

"安迪！"

"是长官。"

"把你讨厌的口琴放口袋里去，让它在里面好好待着。"

"是长官。"

"你们这些违法分子在监狱都干这个吗？文身，学吹口琴。"

"我没有文身——"

"别顶嘴！"

"是，长官，"安迪恭顺地说。

布奇的注意力突然瞄向我；他那神情中又平添了一番洋洋自得，给人感觉他可能暗中知晓某种于我不利的凶兆。他按了一下桌上的蜂鸣器，然后说："我想塞尔夫小姐这会儿已准备好接见你了。"

塞尔夫小姐似乎没察觉到我进门；她安坐在一扇窗前，背对着我，面向着瓢泼大雨在沉思默想。稀疏的灰色发辫盘在她窄小的头颅上；跟平时一样，她略显肥胖的身躯将一套蓝色毛哔叽套装塞得鼓鼓囊囊的。她正抽着一支小雪茄。她把脑袋扭了过来。"啊，哦，"她说，语音里带着德语腔的痕迹，"你全身湿透啦。这可不好。你没雨衣么？"

"我一直希望圣诞老人送我一件作为圣诞礼物呢。"

"这可不好，"她又重复了一遍，一面走向办公桌。"你一向挣钱不少。买一件雨衣肯定是没问题的。给，"她说着就从一只抽屉里拿出了两个杯子和一瓶她最爱的镇定剂——龙舌兰。她倒酒的当儿，我又在心里估量了一番这里的环境：如此的简朴，荒秃如一间忏悔室，没有任何的装饰，除了那张办公桌，几把直背椅子，一个可口可乐台历，还有整面墙的文件柜（我多想看看那里面都是些啥呀！）。目力所及之处，唯一一件轻佻的东西，就是塞尔夫小姐手腕上那只亮闪闪的卡地亚手表，完全跟这环境不搭调。我想不明白她是上哪儿弄来的这只表——或许是她的某位富有、感激的顾客送她的礼物。

"干，"她说，一口干了自己的那杯，身子同时一颤。

"干。"

"那么，"她嘴里吧嗒着那支小雪茄说，"你可能记起了我们第一次的面谈吧。当时你来这里应聘，打算做服务中心的一名员工。伍德罗·汉密尔顿先生引荐的——很遗憾的是，他已不在我们这里了。"

"哦？"

"因为他严重违犯了我们的规章制度。我要跟你讨论的也正是这个问题。"她眯着那双苍白的日耳曼眼睛；我感到一种极大的不安，就像一位被俘房的士兵，即将要接受营地总指挥的讯问。"我曾详尽地给你讲过这些规章制度；不过为了刷新一下你的记忆，我将再帮你回忆一下那些比较重要的条款。首先，我们的员工如果做出任何企图敲诈客人或使客人难堪的举动，都将招致严厉的惩罚。"

一个景象——一具被勒死的死尸漂浮在哈莱姆河上——不自觉地浮现出来。

"第二，任何情况下，员工都不得与客人直接接洽；所有联系，所有收费问题的讨论，都必须通过我们进行。第三，而且是尤其重要的一点，员工绝不准跟客户有社会交往：那类的事不合生意之道，而且可能导致非常令人不快的局面。"

她在龙舌兰酒杯里将雪茄浸灭，然后对着瓶口直接喝了一大口。"9月11日，你跟阿普尔顿先生有过一次约会。你跟他在他位于耶鲁俱乐部的房间待了一个小时。有没有发生过什么特别的事情？"

"没啥特别的。就单向的口活儿；他不想有任何的互动。"我顿了一下，但她不满意的神态表明，她期待着听到更多的内容。"他六十出头，不过状态很好，很健壮。蛮可爱的一个人。很友善。他很健谈；他告诉我他退休了，跟他的第二任妻子住在一座农场上。他说他养牛——"

塞尔夫小姐不耐烦地打断道："他还给了你一百美元。"

"是的。"

"他还给你别的什么没有？"

我决定实话实说。"他给了我他的名片。他跟我说如果什么时候想呼吸一下乡间空气，就给他打电话，欢迎我去找他。"

"那名片呢？"

"我扔了。丢失了。我记不起来了。"

她点燃了又一支小雪茄，一个劲地抽着，直至一长截烟灰掉了下来。她拿起放在桌上的一封信，抽出里面的信笺，在她面前铺开。"我在这行道上干了二十年，但今天上午却收到一封非常特别的信，我过去从不曾遇到过的。"

之前我曾提到过，我的一项天赋就是能倒着看书：像我们这样靠机智求生存的人，往往都会培养出某些独到的才能。因此，在塞尔夫小姐过目那封神秘的书信之际，我也看完了。信中说：亲爱的塞尔夫小姐，我非常欣赏上次 9 月 11 日，您安排来耶鲁俱乐部与我相会的那位和气的小伙子。因此，我非常希望能在一个更舒适的环境下，对他有更多的了解。我在想能否——经由您的恩准——安排他来我在宾夕法尼亚州的农场与我们共度感恩节？就说从周四到周日吧。只是一般的家庭聚会，有我妻子，部分子女，几个孙辈。自然啦，我会支付一笔合理的费用的，具体数目由您裁决。祝您开心，希望没打扰您。您最真诚的，罗杰·W·阿普尔顿。

塞尔夫小姐大声读完信。"现在，"她厉声道，"这个你咋说？"见我一时答不上来，她说："这里面有问题。值得怀疑的问题。不过即便先不说这个，这也跟我们的基本条款相违背：员工绝不准跟客户有社会交往。这些规定并非想当然的东西。它们是建立在实践经验基础上的。"她皱着眉头，一根指甲敲点着那封信。"你说这人心里还能想些什么？情色大狂欢？还包括他老婆？"

我尽量让自己的声音听上去满不在乎："就算那样我看也没什么嘛。"

"啊，哦，"她斥责我道。"你就没看出来这提议跟我们的规定有相违背的地方吗？你是想去。"

"唔，坦率地讲，塞尔夫小姐，我非常乐意能过几天别有一番风景的日子。过去这一年左右时间，我实在够辛苦的。"

她又喝了一大口双杯分量的仙人掌汁，浑身一颤。"很好，我会给阿普尔顿先生写信，开价五百美元。也许，看在这样一笔钱的份上，我们可以网开一面，将那条规定暂放一边。拿到你那份酬金后，答应我，给自己买件雨衣。"

我走进丽思酒吧，阿瑟斯向我扬了扬手。现在是六点钟，我不得不在人满为患的餐桌间择路朝他挤过去，因为是鸡尾酒时间，所以酒吧里挤满了刚在阿尔卑斯山上度完假后下山来的滑雪者，一个个晒得黑黝黝的；还有价格昂贵的妓女，三两成伴，一面等候着哪位德国和美国商人朝她们递眼色；另有浩浩荡荡的时尚撰稿人与第七大道的成衣业商人，汇聚巴黎，以观看夏季时装展；自然，还少不了那些时尚的蓝发老太们——随处都能见着几位这样的人儿——年龄较长，宾馆的常住客，舒舒服服地坐在丽思酒吧里，慢慢品着分给她们的两杯马丁尼（"我医生坚持说：这对内循环有好处"），然后，退回餐室，默然无声地咀嚼枝形吊灯下的与世隔绝。

我刚一坐下来，阿瑟斯就被叫去接电话。我看他看得很清楚，因为电话位于酒吧的那头；偶尔他的嘴唇会动一动，但大多时候他似乎都只是在边听边点头。我并非真的在注视着他，我的心思仍在楼上，在凝视着凯特·麦克劳德那疏松的毛发，她沉入睡梦的头——那情景让人如此地投入，甚至于阿瑟斯回来时，竟把我吓了一跳。

"是凯特打来的，"他大声说，看上去很是心满意足的样子：像猫鼬吞吃了一只老鼠。"她想知道为何你不辞而别。"

"她睡着了。"

阿瑟斯外衣口袋里总是塞着一大把炉灶火柴，这是他矫情的一个表现；他在拇指指甲上划燃火柴，将火苗凑近一支烟。"外表也许看不出来，但凯特是一个相当有见识的女孩子——她的直觉常常非常准确。她非常喜欢你。所以，"他咧嘴一笑，说，"我现在给你一项正式的提议。凯特愿意出钱雇你作伴。你每月将有一千美金收入，外加你所有的开销，包括衣物和一辆你自己的轿车。"

我说："她当时为什么嫁给阿克塞尔·耶格？"

阿瑟斯眨了眨眼睛，似乎压根儿没料到我会问这样一个问题。他呆了一下子。然后又说："也许一个更有趣的问题是——为什么他要娶凯特？还有一个甚至比这更有趣的问题是——凯特是如何遇见他的？你知道，阿克塞尔·耶格是一个很难得一见的人物。我本人就从没碰见过他，只是见过狗仔队拍的一些照片：个子很高，脸上一道长长的海德尔堡剑疤，很瘦，几乎可以说是憔悴，五十几接近六十的样子。他老家在杜塞尔多夫，他从祖父那里继承了一笔巨额的财产，并使其增值到了天文数字。全德国、全世界都有他的工厂——他拥有众多油轮，在得克萨斯和阿拉斯加拥有油田，在巴西拥有最大的畜牧农场，面积超过八百平方公里，还在爱尔兰和瑞士拥有大块土地（所有的西德富翁都一直在大量买进爱尔兰和瑞士的土地：他们认为一旦炮弹再次降落，他们在那些地方会很安全）。耶格不用说也是德国最有钱的人——也可能是整个欧洲最有钱的。他是德国国民，却拥有瑞士永久居住权；出于税收考虑，那是当然啦。为保住这一居住权，无论喜欢与否，他都得每年在瑞士居住六个月。上帝，那些富人们为了保住一分一厘，可没少受罪。他住在一座巨大的，大得丑陋的庄园别墅里，别墅位于一处山腰，位于圣莫里茨往北三英里的地方。我不知道有谁走进过那地方。当然，凯特除外。

"据我的理解，他曾经——包括现在——是一个非常虔诚的天主教徒。因为这一原因，二十七年里，或者说直到他前妻去世，他都一直对前妻始终不渝。即使是前妻没法给他孩子——这似乎是问题的症结所在，因为他想要一个孩子，一个儿子，以继承他的耶格王朝。问题就在这里，他何不顺水推舟，娶一个丰乳肥臀的德国女子，给他生他娘的一托儿所的孩子？不用说，一个聪慧时髦的美女如凯特，似乎很难是苛行节俭如耶格先生这样的男人之理想人选。而且，就这点而言，这事儿真让人想不明白：凯特为何会被这样的一个人所吸引。是金钱吗？这根本不成为理由。事实上，在我初次真正了解凯特后，她告诉我说，她第一次婚姻给她创伤太大，她永远不打算再结婚。然而，不出几个月，事先没任何征兆，她也从没提起过她曾几何时认识了这位传奇大亨，就突然获得了教皇判决，判定她第一次婚姻无效，并在杜塞尔多夫大教堂依照天主教的仪式嫁给了耶格。一年后，那位梦寐以求的继承人降临。海因里希·莱因哈特·耶格。也就是海尼。再一年后，不到一年，她似乎就被从耶格家赶了出来，卷着行李和铺盖，而孩子则留归父亲监护——虽然她获准有在种种极为严格的限制下看望孩子的权利。"

"可你不知道其中原因吗？"

阿瑟斯又在拇指指甲上划燃一根火柴，然后吹灭。"两人的破裂——或者不管你把那叫做什么——一如他们俩的结合，让人百思不解。她消失了几个月，一位我认识的医生告诉我，她那段时间在洛桑的内斯特勒诊所静修。但至于到底咋回事，她没有告诉过我，我也从没那份勇气打听。我估计唯一知道事情真相的，就只有凯特的女仆柯琳了。每次我提及凯特小姐，柯琳的嘴闭得跟复活节岛上的石雕似的。"

"嗯。可他们怎么不离婚呢？"

"天主教徒式的悬而不决，我估计。他决不会赞同离婚的。"

"看在基督的分上，凯特她可以提出离婚吧？"

"除非她再也不想见着海尼。那道门将永远关闭。"

"狗娘养的。我真想一支猎枪插进他屁眼里，啪地扣动扳机。混账。可你说她有危险。我没觉得凯特有什么好害怕的。"

"凯特觉得自己处境危险。我也这样认为。这不是什么疑心病妄想狂，耶格的确有很多暗探随时跟着她，搜集有关她去了哪里、做过什么的情报。她就是换个高洁丝卫生巾，那大佬也百分百会知道。瞧，"他说着，打了一个响指招呼服务员过来，"我们来一杯吧。喝代基里太晚了一点。来一杯威士忌苏打如何？"

"随便。"

"服务员，两杯威士忌苏打。话说回来，就我刚才给你的提议——那些条件还满意吧，还是说要给你几天时间考虑考虑？"

"不用再考虑。我已经决定了。"

酒送了上来，他举起杯子。"那让我们为你的决定干杯，无论是怎样的决定。虽然，我希望答案是同意。"

"同意。"

他放松了下来。"你真是上帝的恩赐啊，P·B。我肯定你不会后悔的。"很少有如此的预言，会与预言之结果全然相反。

"同意，我同意。但是——如果他不想离婚，那么他到底想要啥？"

"我有一种假想。虽然只是假想，但我愿押上我最后一个筹码，赌它绝对准确。他企图谋杀凯特。"阿瑟斯将杯子里的冰块搅得叮当响。"因为天主教教义严令禁止离婚，而且只要凯特活在这世上，对他就代表着一种威胁，对他本人，以及他孩子的监护权。因此，他意图谋杀凯特。采取一种看似意外事故的谋杀手段。"

"阿瑟斯。哦，得啦。你疯啦。你俩都疯啦。要不就是他疯了。"

"就这一问题，的确，我相信他是疯了。喂，"他说，"我刚才注意到一件事。你的狗呢？"

"我把她给楼上那女士了。"

"哦，哦，哦。我看得出你是真的动心了哦。"

我一路步行回家，穿过丽思酒店那游荡着普鲁斯特式幽灵的走廊，一直走到我位于地铁北站附近的宾馆走进那鼠见愁的，嘎吱嘎吱似要散架的过道。一种风发的意气照亮了整段路途——终于，我不再是一个死皮赖脸的异国流浪儿，一个茫然无措的失败者了；我是一个有着生活目标的人，一个任务在身的人；就像一名童子军第一次踏上他的夜间之旅，我在脑海里孩子般地搅拌着各种的筹划。衣服：我需要衬衫，鞋子，几套质地优良的新套装，因为我衣橱里没一样东西在光天化日下耐得住细看。还要一件武器；明天，我就要去买一把点 38 左轮手枪，去射击场开始练习。我走得很快，不单是因为塞纳河潮湿的雾气使得巴黎出奇的冷，还因为我希望这样的锻炼可以把自己累趴，倒头就可以一觉睡到天亮，梦都不做一个。结果还真如此。

不过，并非一夜无梦。我非常能理解为何析梦师收费那么昂贵，因为还有什么比听别人描述他的梦更让人觉得无聊的呢？但我想斗胆试试你的耐心，给你讲讲那天夜里我做的梦，因为在将来的某个时候，那梦里的情景几乎分毫不差地都将在现实中得到印证。一开始，梦境是静态的，一幅海滨图景，像十九世纪末二十世纪初时的尤金·布丹的油画。静止的人物在一片广阔的海滩上，面前就是碧蓝色的大海。一个男人，一个女人，一条狗，一个小男孩。那女的穿一件齐踝长的塔夫绸连衣裙——海风似在轻轻撩动她的裙摆；她手里举一把绿色的太阳伞。那男的头上扣一顶草帽；男孩穿一套水手装。最后，画面拉近，也变得更加清晰，我认出来太阳伞下的女子——凯特·麦克劳德。那男的——此刻正伸手去握凯特的手——是我自己。水手装的孩子突然抓起一根棍子，往波涛里扔去；那只狗扑过去衔住棍子，然后快速游回来，抖动着身子，空气里亮晶晶的全是海水珠儿。

第三篇
巴斯克海岸餐厅

在新墨西哥州罗斯韦尔市的一家牛仔酒吧，无意中听见……牛仔一：嗨，杰德。怎么样？还好吧？牛仔二：好！真好。感觉太好啦，今天早上没手淫放炮，心脏就启动起来啦。

"我最最亲爱的！"她叫道。"我正要找你呐。午餐约会，那公爵夫人放我鸽子。"

"黑的还是白的？"我说。

"白的，"她说，一面拉着我在人行道上往回走。

白的就是沃丽丝·温莎，而黑公爵夫人则是朋友们给佩拉·阿普费尔多夫取的绰号，也就是臭名昭著的种族主义者，南非钻石工业家的巴西籍妻子。至于同样知晓这黑白区分的这位夫人，她的确也有着"夫人"这一爵位头衔——艾娜·库尔伯思夫人，一个美国人，嫁与一位英国化学药品大亨为妻，从任何一个方面看，都是位非同寻常的女人。艾娜身材高挑，比大多数男人还要高，是一个性格活泼，精力充沛的娘们儿，出生于蒙大拿州一座大牧场，并在那地方长大。

"这是她第二次取消约会了，"艾娜·库尔伯思说。"她说自己患了荨麻疹。要不就是公爵患了荨麻疹。不是这样原因，就是那样原因。但不管怎样，我已经在巴斯克海岸餐厅预订了一张桌子。因此，我俩去，好吗？因为我太想有人聊聊啦，真的。啊，感谢上帝，琼斯儿，让我碰上你。"

巴斯克海岸餐厅位于东五十五街，与圣瑞吉斯酒店正好隔街相望。这里原是帕维侬饭店，创建于1940年，饭店主人是可敬的亨利·苏莱。苏莱先生放弃了这一地点，因为他与房东长期不和，那房东就是已故的哥伦比亚电影公司总裁，一个叫做哈里·科恩的龌龊的好莱坞土匪（他得知小萨米·戴维斯正跟他的一位金发碧眼的明星金·诺瓦克"约会"，于是指令一位职业杀手给戴维斯打电话说："听着，混种黑鬼，你一只眼睛已经没了。要不要试试两只眼睛都没有的感觉？"第二天，戴维斯就跟拉斯维加斯一名合唱团里的女孩结了婚——一个有色人种）。跟巴斯克海岸餐厅一样，最初的帕维侬餐厅格局也是这样：一个不大的入口区，入口的左侧是一个酒吧，穿过一条拱廊，后面是一个很大的华丽宽敞的红色大堂。酒吧和大堂构成了一座外赫布里底群岛，一座厄尔巴岛①，苏莱就把他的二等主顾流放到这里。而贵宾，也就是经由店主准确无误的势利眼精挑细选出来的客人——则安置在设有条形软座的入口区——这一方式也为纽约所有小有名气的时髦餐馆所追随：拉法叶，殖民地，格雷诺维尔，卡拉维尔。这些餐桌通常离门口最近，有穿堂风，私密性最低，却因餐位有限，错过则失，因此对于身份意识强烈的市民来说，最是不容错过。哈里·科恩在帕维侬就从不曾获此殊荣，不论他在好莱坞的名气是如何的如日中天，甚至哪怕说他是苏莱的房东老板也没用。苏莱看透了科恩，他不过就是一个穿垫肩的堂倌，自然也就引他去后面大堂零度以下区域的餐桌了。科恩气得骂娘，拍桌子，吹胡子，不断抬高餐馆租金施以报复。因此，苏莱干脆搬到更豪华的丽思大厦里去了。不过，就在苏莱安顿在那地方时，哈里·科恩却翘了（当被问及为什么去

---

① 厄尔巴岛是拿破仑战败后的流放地，外赫布里底群岛是苏格兰西部大洋中的几座荒芜岛屿，鲜有人烟。

参加葬礼时，杰里·沃尔德说："只是去看看这狗杂种是否真的死了。"），而苏莱，因为眷念踩熟了的旧址，于是从新的管理人手中重新租下那地方，开了第二家商号，相当于是帕维侬餐厅的一个精品店：巴斯克海岸餐厅。

自然，艾娜夫人给安排的位置肯定是绝佳的了——进门左手边第四张桌。引她入席的也不是别人，正是苏莱先生本人。她一如往常的一副心不在焉的样子，粉红光洁如一只杏仁蛋白软糖猪。

"库尔伯思夫人……"他低语道，一双完美主义者的眼珠咕噜噜转动，看有没有什么枯萎的玫瑰或是笨手笨脚的服务员。"库尔伯思夫人……嗯……非常好……嗯……库尔伯思伯爵呢？嗯……今天我们有上好的羊脊肉，就在手推餐车上……"

她征求我的意见，瞅了我一眼，然后说："我不想要手推车上的东西。那样上得太快。我们来点要等上一辈子的东西。这样子我们可以喝它个酩酊大醉，天昏地暗。比如来个福斯坦堡蛋奶酥。你会做吗，苏莱先生？"

他啧了一下舌头——出于两个原因：其一，他不赞同客人拿酒精钝化他们的味觉，其二，"福斯坦堡相当的讨厌。太喧器。"

不过，味道却非常好：松软的菠菜奶酪，中间巧妙地嵌入什锦水煮荷包蛋，你用叉子把蛋戳破后，一道道金黄色的蛋黄小溪流了下来，使蛋奶酥随之也变得滋润。

"喧嚣，"艾娜说，"我要的正是这个，"听得此言，店主只好捏着手绢一角儿轻轻沾了沾额头上的汗珠，表示默许。

然后她又决定不喝鸡尾酒，说道："我们干吗不郑重地庆祝一下重逢呢？"从酒保那里，她点了一瓶路易王妃水晶香槟。即使是那些讨厌香槟的人，包括我本人，有两款香槟也是无法拒绝的：唐培里侬香槟王，以及品质更加优越的水晶香槟——后者盛在自然色的玻璃瓶里，犹似一方淡淡的火焰，冷凛的火焰，那般辣丝丝的感觉，咽下一口，却又似乎不曾咽下，而是在舌头上化作了一团蒸汽，燃烧成了一堆润湿而甘美的灰烬。

"当然啦，"艾娜说，"香槟的确有一点严重的不足：如果像其他酒那样豪饮，肚子里会积淀一股酸水，其结果是会导致永久性的口臭。真的是无药可治。记得阿图罗的口臭吗？上帝保佑他的心脏。还有科尔也喜爱香槟。上帝，我真的好怀念科尔呀，尽管最后那些年，他的确有点疯疯癫癫的。我跟你讲过科尔和那淫棍酒保的事情吗？我记不太确切他当时在什么地方工作了。他是意大利人，因此不可能是在这里或帕维侬。也许是殖民地餐厅？奇怪：他的模样在我眼前清清楚楚——一个核桃肤色的男人，脸平得很漂亮，油亮的头发，下巴最为性感——但我记不清是在哪里见到他的了。他是南意大利人，所以他们叫他迪克西，特蒂·怀特斯通就是被他搞怀孕的——比尔·怀特斯通帮她堕了胎，让人以为是他自己干的。当然这也有可能——但却是另一种截然不同的情境——不过，我仍然觉得说不过去，不合常理，你想想，一个医生给自己妻子堕胎。特蒂·怀特斯通并非唯一；拿情书滋润迪克西掌心的有一个队列的女孩子。科尔的手段很高明：他邀请迪克西到他寓所做客，借口说向他请教如何在一个新酒窖存储葡萄酒——科尔！他在葡萄酒方面的知识那意大利佬做梦也想不到。于是，他们同坐在那张沙发上——比利·伯德温为科尔做的那个很可爱的小山羊皮沙发，气氛很随意，然后科尔亲吻了这人的脸，迪克西咧嘴笑道：'这将花费你五百美元，波特先生。'科尔只是笑，并捏了一把迪克西的腿。'现在得花费你一千美元啦，波特先生。'此时，科尔意识到这比萨饼是当真的了；因此他拉开他的裤子拉链，拽出那东西，晃了晃，说：'如果使用这个，包干价多少？'迪克西告诉他说两千美元。科尔径直走到办公桌前，写了一张支票递给他。然后他说："'奥蒂斯小姐很遗憾地说，今天她不能来吃午饭了。好了，滚蛋吧。'"

水晶香槟斟入酒杯。艾娜尝了一口。"不够冰。但是——啊……！"她又咽了一口。"我真的怀念科尔。还有霍华德·斯图吉斯。甚至海明威老爹；毕竟，他也曾在《非洲的青山》里写到过我的。还有威利叔叔。上个星期在伦敦，我去德鲁海因茨家参加一个聚会，被玛格丽特公主给缠住了。她妈妈是一个很可爱的人儿，可是那家子其余的人哪！——虽然查尔斯王子还算不错。不过总的来说，皇族那些人总是觉得，人只分为三类：有色人，白人，还有皇族。唉，我简直都要打瞌睡了，她嘤嘤嗡嗡得实在让人无聊，就在这时，她突然宣布说——事先没有任何征兆——她真的不喜欢'娘娘腔的男人'！这话实在是非同寻常，如果考虑到它出自何人之口的话①。还记得那个谁能得到第一个水手的笑话吗？但我只是垂下目光，很简·奥斯丁的样子，说了句：'那样的话，小姐，我担心您晚年会非常孤独的。'她那表情哟！——我以为她可能要狠狠扁我一顿的。"

① 有传闻说玛格丽特公主的丈夫斯诺登是个双性恋。

艾娜语气里有一种说不出来的嘲讽味道，而且跳跃得非常突然，似乎是在仓促忙乱地往前赶，以免走漏了她既想透露，又不想透露的东西。我的眼睛和耳朵游移到了别的地方。我们斜对角一张桌子上的两个客人，去年夏天我曾在南安普敦遇见过她俩，虽然那次见面并没多大意义，我也不指望他们认出我来——格洛丽亚·范德比尔特·德·西科·斯托科维斯基·吕美特·库珀，以及她儿时的好友卡洛尔·马库斯·萨洛扬·萨洛扬（她曾嫁给他两次）·马陶：这两个快四十岁的女人，看上去却跟当年初入社交界那会儿在斯托克俱乐部争抢幸运气球时的模样没多大区别。

"可你能说啥呢，"马陶太太对库珀太太说，"对于这样的一个人：失去了称心的爱人，体重达两百磅，陷入神经崩溃的深渊无力自拔？我想她起码有一个月没下过床了。或者是更换过被褥了。'莫琳'——我真是这样子给她讲的——'莫琳，我曾经面对过的处境比你还糟糕不知多少。我记得曾经四处偷别人药柜里的安眠药，想储存起来最后把自己给打发掉。我曾经债务堆得齐腰高，身上的一分一厘都是跟别人借的……'"

"亲爱的，"库珀太太不满道——舌头有些儿打结，

"你那时干吗不来找我呀？"

"因为你是有钱人。跟穷人借钱要容易得多。"

"可是，亲爱的……"

马陶太太继续说自己的。"因此我说：'你知道我咋做的，莫琳？尽管是穷得叮当响，我还是出去给自己雇了一个专人女仆。我时来运转了，我的观感彻底改变了，我感觉到被爱，被娇宠。因此，如果我是你，莫琳，我会去典当行，然后高价雇他个谁回来，帮我放洗澡水，整理床铺。顺便问一句，你去参加洛根斯的聚会了吗？'"

"去了一个小时。"

"如何呢？"

"相当了不起。如果你过去从没参加过聚会的话。"

"我当时想去的。但你了解沃尔特。我从没想会跟一个演员结婚。噢，结婚也许是结了。但不是为了爱。可是这么些年过去了，我仍一直跟沃尔特黏在一起，只要他眼睛稍微旁边一斜，我的血液都会凝固。你有见过这个新出道的瑞典骚货吗，叫凯伦什么的？"

"她不是出演过一部间谍片吗？"

"正是。脸蛋很可爱。一对奶子往上部分拍摄得漂亮之极。但两条腿是毫不夸张的红杉林。绝对的树桩腿。说回来，我们是在维德马克斯酒吧遇见她的，她一双眼睛左顾右盼，不时闹腾出点儿小动静，就想吸引沃尔特注意，我则是尽量的耐着性子，但最后当我听到沃尔特说'你多大啦，凯伦？'的时候，我说了句'看在上帝的份上，沃尔特，你干吗不把她腿剁下来，数一数年轮呀？'"

"卡洛尔！你不会吧。"

"你知道我从不会瞎说的。"

"她听到你说话了？"

"要是没听见就没那么好玩了。"

马陶太太从手袋里扒出一把梳子，开始梳理她患白化病的长发：这是她二战期间初入社交晚会时的又一遗风——那年代，她，及她所有那帮综艺节目主演者——格洛丽亚与哈妮奇儿与乌娜与金克丝——都懒洋洋地依偎在埃尔摩洛哥夜总会座椅上，有完没完地耙她们那维若妮卡·蕾克式的发绺。

"上午我收到乌娜寄来的一封信，"马陶太太说。

"我也收到了，"库珀太太说。

"那你知道他们又要有孩子了。"

"噢，我想是的。我一直都知道。"

"那查利真是个幸运的狗杂种，"马陶太太说。

"那是，乌娜嫁谁都会是个非常不错的老婆。"

"胡扯。像乌娜这样的女孩子，只有天才才能够驾驭。在遇到查利之前，她曾想嫁给奥森·威尔斯……而当时她才不到十七岁。是奥森把她介绍给查利的；他说：'我就知道这人是专为你而生的。他很有钱，是个天才，他最大的愿望就是找一个听话的女儿辈的老婆。'"

库珀太太若有所思。"要是乌娜没跟查利结婚，我想我也不会跟利奥波德结婚了。"

"要是乌娜没跟查利结婚，你没跟利奥波德结婚，我也不会跟比尔·萨洛扬结婚了。而且是两次。"

两个女人笑成一团，她们的笑声犹如调皮而快乐的二重唱。虽然她们看外表并不相像——马陶太太雪白胜过珍·哈露，白艳艳如一朵栀子花，而另一位则是一双白兰地眼睛，黑人似的两片厚嘴唇，每次笑靥绽放，那酒窝荡漾的深肤色的美艳直扑眼帘——给人感觉她俩却是同属一类：魅力四射，无可匹敌的女投机分子。

马陶太太说："记得塞林格的事吗？"

"塞林格？"

"《逮香蕉鱼的最佳日子》。那个塞林格。"

"《弗兰妮与祖伊》。"

"嗯嗯。你不记得他啦？"

库珀太太沉吟了一下，嚅了嚅嘴；是的，不记得了。

"当时我还在布里尔利，"马陶太太说。"那会儿乌娜还没遇着奥森。她有一个神秘男友，一个犹太男孩，母亲住派克大道，名叫杰里·塞林格。他想当作家，在海外服兵役时，给乌娜的信都有十页长。散文似的情书，柔情万种，比上帝还柔情。太过柔情了点儿。乌娜经常读那些情书给我听，当她问我意见时，我说我觉得他像个动不动就喜欢哭的小男生；但她想听到的是我是否觉得他非常有才华有天赋，或纯粹就是发傻，我则说二者兼有，他两者都是，而且多年之后，当我读了《麦田里的守望者》，明白了作者就是乌娜曾经的杰里时，我仍旧倾向于那一意见。"

"我从没听说过一件关于塞林格的怪事，"库珀太太吐露说。

"我听说的关于他的事情，没有一件是不怪的。他肯定不会是你在派克大道上每天见着的那种普通犹太男孩。"

"噢，那件事并不真是关于他的，而是他一位朋友。他那朋友去新罕布什尔拜访他。他是住那儿吧？住在一个非常偏远的农场上？嗯，那是二月份，天气特别冷。一天早上，塞林格的朋友不见了。他不在卧室，门前屋后四处找遍也没找着。最后，他们终于找到他了，在大雪纷飞的森林深处。他躺在雪地里，身上裹一条毛毯，手里握着一个威士忌空酒瓶。他断送了自己的性命，因为喝了太多威士忌，最后睡着了，被冻死了。"

过了片刻，马陶太太说："那的确是怪事了。不过那肯定也很美妙——乘着威士忌的酒力，全身燥热，漫步游荡在星光灿烂的寒夜里。他为什么要这样呢？"

"我知道的就是给你讲的这些了，"库珀太太说。

一位离场的客人——一张红脸膛红得通彻，皮肤黝黑，顶上开始见光，看上去像个笨蛋——在她们桌前停下脚步。他目不转睛地注视着库珀太太，眼神里既有着迷，又有笑意，还有……些许的冷峻。他说："你好啊，格洛丽亚。"库珀太太微微一笑："你好，亲爱的。"但当她试图辨认那人到底是谁时，她的眼皮子抽动了几下；接着，那人又道："你好，卡洛尔。还好吧，靓妞？"她一眼就认出来这人是谁："你好，亲爱的。还住在西班牙？"那人点了点头；他目光重又回到库珀太太身上："格洛丽亚，你还是跟从前一样漂亮啊。更漂亮啦。再见……"他挥了挥手，转身走了。

库珀太太瞪着他离去的背影，阴沉着脸。

最后，马陶太太说："你没认出他，是吗？"

"没……有。"

"人生呀。人生。真的，太伤感啦。一点也记不起他来了么？"

"很久以前。某些东西。一场梦。"

"那不是梦。"

"卡洛尔。够啦。他是谁呀？"

"几曾何时，你那么看重他。你为他做饭，为他洗袜子"——库珀太太睁大了眼，目光游离——"他当时在部队的时候，你跟随他从一个军营到又一个军营，住在装饰单调乏味的房间里——"

"不！"

"是！"

"不。"

"是，格洛丽亚。你的第一任丈夫。"

"那……人……是……帕特·德·西科？"

"哦，亲爱的。我们就不要去回想啦。毕竟，你都差不多二十年没见过他了。你那时还不过是个孩子。那不是，"马陶太太有意转移话题道，"杰姬·肯尼迪吗？"

这时，我听到艾娜夫人也说到同一话题上来了："这眼镜简直要把我变成瞎子啦,但刚进去那位,不是肯尼迪太太吗?还有她妹妹?"

　　的确是;我认识这个妹妹,因为她曾跟凯特·麦克劳德一道上学,而且就在凯特和我参加在塞维利亚举小的费里亚博览会时,她还跟我们一起在阿布纳·达斯廷的游艇上吃过午饭,然后我们又一起滑水,至今我还时常在想,她真的好美,金棕肤色,晶亮晶亮的,穿一件白色泳装,白色的滑板嘶嘶地平稳滑行,在浪涛间俯冲侧滑时,金棕色的头发猎猎飘扬。因此,当她停下来跟艾娜夫人打招呼("你知道从伦敦过来时,我跟你在同一班机上吗?可你睡得那么香,我都没敢说话"),然后看见我,并且记起来我是谁的时候,真是好不让人开心:"呀,你好啊,琼斯儿,"她说——她粗哑的嗓音轻柔而温暖,说话时身子也随之轻轻颤动,"你晒伤怎么样了?记着,我警告过你的,你就不听。"她蜷起身子躺到她姐姐身旁一张长软椅上,笑声渐渐不闻。她俩脑袋碰在一起,像两只悄言密谋的弗兰德牧羊犬。你真想不明白她们到底为何如此相像,尽管她俩鲜有共同的特征,除了一模一样的声音,两眼同样拉得很开,还有某些一模一样的动作手势,尤其是说话时,目光习惯性地深深凝视着对方眼睛，不住地点头，一脸理解同情的神情，那么迷人，那么严肃。

艾娜夫人评点说："看得出来这俩女孩都曾迷倒过一些个大人物。我知道很多人都受不了她俩，尤其是女人，这一点我也能理解，因为她俩不喜欢女人，对任何女人都从来没一句好话。不过，她们跟男人却相处非常融洽，真像一对西方版日本歌伎；她们知道如何为一个男人保守秘密，如何让男人感觉自己很重要。如果我是男人，我自己会爱上李。她身段之美妙，简直就像古希腊的塔纳格拉城雕像；她柔媚而不柔弱；她是我所认识的人当中，少有的几个能够既率直，又讨人喜欢的人之一——一般人都是舍此取彼的。而杰姬——不，她不属于同一个星球。她非常上镜，那是当然；不过效果却有点儿……粗俗，夸张。"

我想起一个夜晚，我跟凯特·麦克劳德和一帮人等去参加一个在纽约哈莱姆区一家舞厅举办的伪娘时装大赛：伴随着萨克斯管乡土爵士风的呜呜，几百个年轻的伪娘身穿手工缝制的裙装，招摇而过：布鲁克林超市店员，华尔街跑堂，黑人洗碗工，身穿丝绸满脑子奇思幻想的波多黎各侍者，歌舞团男生、银行出纳与爱尔兰电梯服务生装扮成玛丽莲·梦露、奥黛丽·赫本，或者杰姬·肯尼迪。事实上，最受欢迎的创意就是肯尼迪太太；有十多个男生，其中包括冠军得主，都模仿她的装扮：高耸入云的发型，翼状眉毛，阴郁、淡彩的嘴唇。而且在真实生活中，她给我的也是这样的印象——并不真的是个女人，而是一个精妆巧扮的易装男，扮作肯尼迪太太的模样。

我跟艾娜阐明了自己的想法，她说："我所谓的……夸张，说的就是这意思。"又道，"你可曾认识罗西塔·温斯顿？很不错的一个女人。一半的印第安切罗基血统，我相信。她几年前患了中风，现在还不能说话。或者，准确地说，她只会说一个词。中风的人往往都是这样子，以前啥都会讲，如今却只剩下一个词。罗西塔会说的一个词是'漂亮'。非常合适的一个词，因为罗西塔一直以来都喜欢漂亮的东西。这让我想起老乔·肯尼迪。他也是，只剩下了一个词。他那个词是：'真该死！'"艾娜示意服务员倒香槟。"我跟你讲过他那次强暴我的事吗？当时我十八岁，到他家做客，而且是他女儿可可的朋友……"

又一次，我的目光在屋子里漂游，沿途看见一个蓝胡子、戴着奶罩的第七大道牛郎，在设法哄骗一个《纽约时报》隐蔽男同编辑；还有戴安娜·弗里兰，那位头发上抹着润发膏，五彩缤纷如一只孔雀的时尚杂志编辑，与之同桌的是一位年长的男人，让人隐约想起某样低调奢华的物件，比方说一颗品质上好的灰色珍珠——他就是梅因布彻；还有威廉·塞·佩利太太，在跟她的姊妹约翰·海·惠特尼太太共进午餐。坐她们旁边的一对我不认识：一个女人，四十，或者四十五，说不上漂亮，却很是优雅地裹在一袭褐色巴黎世家巴伦西亚加套装里面，翻领上别一枚领针，领针上镶着几颗黄棕色钻石。她的同伴则年轻得多，二十，或者二十二，一尊健朗的雕塑，一身日晒棕，看上去似乎整个夏天里都在航海横渡大西洋。她儿子？但不会，因为……他点燃一支烟，递给她，他们的手指意味深长地触碰了一下；接着，他们的手握在了一起。

"……那老色鬼溜进我卧室。大概是早晨六点钟，如果你想趁某人睡得正香的时候进行偷袭，这会是最佳的时间，完全的出其不意。我醒来时，他已经钻进我被窝，一只手捂着我的嘴，另一只手全身乱摸。真是胆大妄为到了极点——就在他自己家里，他所有家人就睡在我们周围。但所有肯尼迪家的男人都一个样；他们就跟狗一样，遇上一个消防栓都要撒泡尿。不过，你还是得替那老混蛋说句公道话。当他见我没想要叫喊时，他那感激的样子啊……"

不过，他们并没有说话，那年长的女人和那年轻的水手；他们只是握着手，然后他笑了，紧接着她也笑了。

"之后——你能想象吗？——他假装什么也没发生过，眨眼暗示或点头示意都没一个，仍旧是我同窗好友的可亲可爱的老爸。这实在太不可理喻，太残忍了；毕竟，他已得手，而且我还假装得很享受的样子：理应有一点亲热的表示吧，或是送个什么小玩意儿，一个烟盒……"她察觉到我兴趣转移到了别处，于是她眼光游走到那对不可能的恋人身上。她说："你知道那故事吗？"

"不知道，"我说。"不过看得出来其中肯定有故事的。"

"虽然并非你想象的那样子。威利叔叔可以拿它编一个绝美的故事。换成亨利·詹姆斯也一样——甚至比威利叔叔还有趣，因为威利叔叔可能会骗人，为了电影卖座，可能会把德尔芬和波比写成一对恋人。"

德尔芬·奥斯丁来自底特律；在专栏文章里我曾读到过——一位女继承人，嫁给了纽约俱乐部成员圈里的一根大理石顶梁柱。波比——她的同伴，犹太人，酒店业巨头 S·L·L·塞门能科的儿子，一位年轻而怪异的电影界靓妞的首任丈夫——这妞儿将他给踹了，与他父亲结了婚（而这位父亲又把她给踹了，因为他逮着了她跟一德国牧羊……

犬通奸。我不是开玩笑）。

据艾娜夫人讲，在过去一年左右的时间里，德尔芬·奥斯丁和波比·塞门能科两人如胶似漆，每天在巴斯克海岸餐厅、卢特斯餐厅以及艾格隆餐厅吃午餐，冬季去格施塔德与来佛礁旅游，滑水，游泳，可谓是尽情挥洒，尤其是考虑到他们的结合并非"寒冬变盛夏"式[①]的轻浮，而是当年的贝蒂·戴维斯催泪片如《黑暗的胜利》的翻版，可以给那种两场连映、威力无比、得备好三条手帕的电影作脚本：他俩都快死于白血病了。

"我是说，一个是见过世间百态的女人，一个是英俊年轻的小伙子，他们一同出游，死亡是他们共同的情人与伴侣。你不觉得亨利·詹姆斯本可以从中弄出点什么来吗？或者是威利叔叔？"

"不。对于詹姆斯这太过平淡，而对于威利·毛姆，又不够平淡。"

"噢，那你必须得承认，霍普金斯太太总能编得一个好故事的。"

"谁？"我说。

---

① "寒冬变盛夏"是一部三十年代爱情喜剧片的流行插曲。

"站那边的，"艾娜·库尔伯思说。

那位霍普金斯太太。红发黑装；一顶缀着面纱的黑帽，黑色的梅因布彻套装，黑色的鳄鱼皮手袋，鳄鱼皮鞋。她站立着跟苏莱先生耳语，苏莱先生竖着一只耳朵在听；接着突然，所有人都窃窃私语起来。肯尼迪太太及其妹妹不曾引发这样的低语，洛伦·巴卡尔、凯瑟琳·科内尔以及克莱尔·布思·卢斯进来时也没有。然而，霍普金斯太太却另当别论：一个引发轰动的人物，让最温文尔雅的巴斯克海岸餐厅客人也变得躁动不安。当她俯首朝一张餐桌走去时，大家投给她的目光没有半点的遮遮掩掩。桌子边上已有一位陪客在等着她——一位天主教牧师，达西神父麾下一位饱读经学、营养不良的神职人员。一如其他神职人员，他也似乎总是在远离修道院，与显要富贵者混迹于葡萄酒与玫瑰花场中时，方才感觉最是自在。

"也只有，"艾娜夫人说，"安·霍普金斯才想得出来。以尽可能的公开方式，广而告之你在寻求精神'指导'。一回婊子，终身婊子。"

"你认为那事儿不是意外？"我说。

"从壕沟爬出来吧，孩子。战争已经结束啦。当然不是什么意外了。她杀害了大卫，而且是有预谋的。她就是一个杀人犯。警察很清楚。"

"那她是如何逃脱惩罚的呢？"

"因为他的家人希望她逃脱。大卫的家人。还有，因为是发生在南威尔士的新港，老霍普金斯太太有能力摆平。你见过大卫的母亲吗？希尔达·霍普金斯？"

"去年夏天在南安普顿，我见过她一次。当时她在买网球鞋。我心里想这女人可真了不起，这大把年纪，肯定有八十了，还买网球鞋呢。她看上去像……一位非常苍老的女神。"

"她还真是。所以说安·霍普金斯犯下如此冷血的谋杀后，还能逃脱惩罚。她婆婆是罗得岛的一位女神。而且还是一位圣人。"

安·霍普金斯已揭开面纱，跟那位牧师在低语。那牧师一副奴颜婢膝又心醉神迷的模样，正将一杯吉布森鸡尾酒轻轻抹过他饿得发蓝的唇间。

"但有可能是意外啊。如果根据报纸上的报道来看。据我的记忆，他们刚去罗得岛瞭望山参加一个晚宴回家，分头进入各自的卧室。不是说那一段时间，附近发生过一系列入室盗窃案么？——因此她床边随时备有一把猎枪。突然，黑暗中卧室门被打开，她于是抓起猎枪，朝她以为的小偷开枪射击。结果却是她丈夫。大卫·霍普金斯。他脑袋被打了一个洞。"

"那是她这样说的。那是她的律师这样说的。那是警方这样说的。也是报纸上这样说的……甚至包括《时代》。但事情却不是这样的。"艾娜深吸了一口气，像是要潜泳，接着说道，"从前啊，一个穿着花哨、一头胡萝卜色头发的小个子杀手，从惠灵或是洛根——西弗吉尼亚州什么地方——溜进了镇上。她当时十八岁，原是在什么乡下贫民窟之类的地方长大的，已结过婚又离了；或者如她所说，她跟一个水兵结婚后过了一两个月，因为那水兵消失不见了，她于是就和他离了婚（记住这个：一条重要线索）。她原名叫安·卡特勒，看长相非常像恶毒的贝蒂·格拉布尔。她在一名皮条客手下做应招女，这皮条客是沃尔多夫酒店的一名领班；她攒下钱，去参加声乐和舞蹈培训，后来成了弗兰基·科斯特罗手下一名讼棍最宠爱的床伴，这讼棍经常带她去埃尔摩洛哥夜总会。那是在战争期间——1943年——埃尔夜总会常常挤满了黑帮和高级军官。但一天晚上，一位普通的年轻水兵也来到了那里；只不过，他其实并不普通：他父亲是东部地区最古板的人之一——也是最富有的人之一。大卫性情温和，而且长得相当英俊，但他跟老霍普金斯先生真的没什么两样——一个肛门取向的圣公会教徒。吝啬。警觉。全然不是咖啡馆社交圈那种人。可他到底来到了埃尔夜总会，一位休假的军人，欲火中烧，还有一点儿醉醺醺的。温切尔的一条走狗当时也在，他认出了霍普金斯这崽子；他给大卫买了一杯酒，还说不管大卫看上哪个女人，他都可以帮他撮合，随便挑。这大卫，这可怜的蠢蛋，说那纽扣鼻、大奶子的红头发他喜欢。于是，这温切尔的走狗写给那女子一个便条，到拂晓时分，小大卫便发现自己在这老道的埃及艳后克利奥帕特拉的手心里死命挣扎，难以自拔了。

"此前大卫不过在私立中学跟室友有过一次肚皮摩擦，我肯定，这是大卫平生第一回体验到比那更原始的经历。他像发了疯，这倒也没什么好责备的；我认识一个叫库尔·博斯先生的人，老大不小了，一直也为安·霍普金斯神魂颠倒。她比大卫要聪明；她明白自己钓着了一条大鱼，尽管对方还只是个孩子，因此她放弃了当时的行当，在萨克斯百货公司找了一份卖女性内衣的工作；她从来不会吵着要任何东西，并且拒绝接受任何比手提包更贵重的礼物，而且在大卫的整个服役期间，她每天都给大卫写信，只言片语的短信，那么的暖意绵绵，那么的天真纯洁，犹如新生婴儿的衣帽被褥。事实上，她肚子已经给搞大了；的确也是大卫的孩子；但她一直没有告诉大卫，直到他第二次休假回家，才发现自己女友已经有四个月的身孕了。这时，她展示了真正危险的毒蛇与无毒的锦蛇在毒性方面的分别：她告诉大卫说自己不想跟他结婚。无论何种情况，都不会跟他结婚，因为自己没想要过一种霍普金斯家族式的生活；她没有那样的背景，也没那样与生俱来的能力来应对如此的生活，而且她确信无论大卫的家人还是朋友，都永远不可能接受她。她说自己唯一的要求，就是一笔合适的孩子抚养费。大卫表示反对，不过倒也舒了一口气，尽管他仍不得不带着这故事去面见他父亲——大卫自己并没有钱。

"到这时，安才走出她最漂亮的一步棋；她那段时间以来做足了功课，对于大卫的父母，她了解了一切可以了解的信息；因此，她说：'大卫，我只想提出一个要求。我想见见你家人。我自己从来就没啥家人，我希望我的孩子能偶尔跟爷爷奶奶有些接触。他们也可能会乐意的。'够巧妙，够邪恶，是吧？而且奏效了。倒不是说霍普金斯先生被蒙骗了。自打一开始，他就说这女孩是个荡妇，她永远也休想见着自己一个子儿；可是希尔达·霍普金斯却上当了——她相信了那一头华美的头发，相信了那双胡话连篇的蓝眼睛，相信了安抛给她的那卖火柴的小女孩式的故事。因为大卫是家中的长子，她又急着要抱孙子，所以她的举动被安一一押中：她劝说大卫娶安为妻，并且劝她丈夫，如果不能宽容，至少不要禁止。一度，霍普金斯老太太的举措似乎非常明智：每年她都会得到一个孙子的回报，直到两女一男共三个孙子；安的社交提速快得让人难以置信——她一路横冲直撞，全然不顾任何的时速限制。她显然掌握了基本要领，这个我得承认。她学会了骑马，成为了新港最爱骑马的马背女巫。她还学会了法语，请了一个法国管家，并同埃莉诺·兰伯特共进午餐，邀她共度周末，以此跻身最佳着装排行榜。她还向帕里什修女和比利·博尔德文讨教家具和布料织品方面的知识；小亨利·格尔德扎勒非常乐意去喝下午茶（下午茶！安·卡特勒！我的上帝！），并跟她谈论现代绘画艺术。

"但她取得成功的决定性因素，撇开她嫁与了新港一名门大姓这一事实不说，则在于这位公爵夫人。安意识到了某些唯有最精明的钻营者才有本事意识到的东西。如果你想要又快又安全地从底层爬到顶层，最可靠的办法就是盯准一条鲨鱼，像引水鱼那样依附在它身上。这在基奥卡克也同样适用，在那地方，你可以，比方说，讨好当地的福特经销商太太，在底特律也一样，你也可以直接讨好福特太太本人——在巴黎或罗马也都如此。可是安·霍普金斯既然借助婚姻，成为了霍普金斯家族的一员，而且又是如此了得的希尔达·霍普金斯的儿媳，为何还需仰仗公爵夫人呢？其原因是，她需要某位人们眼中的高标准人士的祝福，需要得到某位具有国际影响的人物的接纳，从而让那些讪笑的鬣狗闭嘴。因此，还有谁比这公爵夫人更合适的呢？至于公爵夫人，她对于那些富有宫女——账单永远是她们付——的阿谀奉承有着极高的耐受性；我在想，公爵夫人可曾付过哪怕一次账单？这倒不是说有啥大不了的。她值那样的花费。她这类的女人实属罕有，能跟另一个女人建立起真正的友谊。当然，她也是安·霍普金斯的一位非常了得的朋友。自然，她并没为安所蒙蔽——毕竟，公爵夫人是一位骗术高明的行家里手，她不可能看不穿另一个行家；但她又觉得，要是收了这个冷眼的扑克玩家，给她上点漆，抛抛光，培养一点儿真正的格调，然后再把她送回赛道，倒也是趣事一桩，于是这年轻的霍普金斯太太名声大噪——虽然不见有什么格调。霍普金斯家的第二个女孩的父亲是冯·波塔戈，或者说大家是这么讲的，而且上帝知道，她长相的确像西班牙人；但尽管是如此，安·霍普金斯仍是加足马力，义无反顾地一路向前狂奔，就像在跑国际汽车大奖赛。

"一年夏天，她和大卫在费拉角租下一处房子（她正像虫子一样，想要钻出一条路，以图接近威利叔叔：她甚至学得一手一流的桥牌牌技；不过威利叔叔说，虽然她这样一位女子自己可能也乐意去写，但在牌桌上，却不敢对她有信任），从奈斯到蒙特，每一位过了青春期的男性都悉知她是果酱太太——她最喜欢的早点，是涂抹上头等邓迪果酱的热鸡巴。虽然有人告诉我说，实际上她最喜欢的是草莓酱。我并不认为大卫想象得到这些狂欢闹到了怎样的地步，但毫无疑问他非常地痛苦，后来不多久，他爱上了那位他原本该娶的女孩——他的二表妹玛丽·肯德尔，一个不算漂亮却很理性的女孩，很迷人，而且一直都喜欢他。她本来跟托米·贝德福德已经订婚，但后来毁了婚约，因为这时大卫求她嫁给自己。假如他能离婚的话。他也可以的；据安的要求，这只需花费他五百万美元，税后。大卫仍然是没有属于他自己的一个子儿，因此当他将此想法向父亲提出时，霍普金斯先生说休想！并说他从来就警告过安是什么样的人——一个龌龊的妓女，可大卫不听，结果如今成了他的一个包袱；只要他父亲活一天，她就永远别想拿到一枚地铁代币。之后，大卫雇了一位侦探，不到六个月，就掌握了足够的证据，包括一组宝丽来照片，拍的是她在萨拉托加让两个骑师一前一后同时操——这些证据足以让她进监狱，不仅仅是离婚了。但当大卫与她对质时，安却大笑，告诉他说，他父亲永远不可能由他把这样的丑事搬上法庭。她说的没错。这很有趣，因为在他们讨论这问题时，霍普金斯先生告诉大卫说，鉴于这样的情况，他不会反对儿子杀了自己的妻子，然后嘴巴闭紧就可以了，但大卫自然是不得跟她离婚的，免得授以报刊媒体这样的大便。

"当此之时，大卫的侦探突然来了灵感；很不幸的一个灵感，因为如果不是这个，大卫有可能还活着。然而，这侦探有了一个主意：他搜寻到了卡特勒的老家，在西弗吉尼亚——或是肯塔基？——并拜访了她在那里的亲戚。那些亲戚自从她去了纽约，就再没听说过她的音讯，也更不知道她华丽大转身，摇身变成了大卫·霍普金斯太太，他们只知道她是比利·乔·巴恩斯太太，一个海军陆战队锅盖头土包子的老婆。那侦探还从当地法院弄到一份结婚证明复印件，然后进一步追踪这个比利·乔·巴恩斯，发现他在圣地亚哥做飞机机械师，并说服他签署了一份书面陈述，声明他跟一个叫安·卡特勒的人为结发夫妻，从没跟她离过婚，也不曾再婚，并说自己从冲绳岛一回来，就发现她失踪了，但就他自己所知，她至今仍是比利·乔·巴恩斯太太。而事实上，她的确是比利·乔·巴恩斯太太！——即使最狡诈的罪犯也有其愚蠢的本质一面。于是大卫将这材料摆在她面前，对她说：'够了吧，我们已用不着别的更有力的终极证据了，既然我们本不是合法夫妻，'我敢肯定正是这个时候，她才下了决心要杀害大卫的：作出这个决定的是她的基因，她身体里那个无法逃避的穷白鬼婊子，尽管她明知霍普金斯家族会把'离婚'打理得体体面面，并会给她一笔丰厚的补偿金；但她同时也知道，如果她杀了大卫，并逃脱惩罚，她和她的孩子就将最终获得大卫的遗产，而如果大卫跟玛丽·肯德尔结了婚，另外组织了家庭，那就不可能了。

"因此，她假装默认，并告诉大卫，既然他显然是拿着了自己的把柄，也没什么好辩解的了，不过他能否还跟自己过一个月，好让她打理一下自己的一些事情？大卫答应了，傻瓜蛋；然后，她立即着手准备小偷的传闻——她两次报警，声称一个偷儿在院子里面；很快，她让仆人和大多数的邻居都深信不疑，觉得这周围到处都是小偷，而且妮妮·沃尔科特家的确还被撬过，据信就是窃贼干的，但是现在，即便妮妮也认定，肯定是安捣的鬼。你可能也记得，如果追踪整个案件，事情发生的当晚，霍普金斯两口子去沃尔科特家参加了聚会。一个劳动节晚宴舞会，有大约五十位宾客；我也在场，晚宴时我就坐在大卫旁边。他样子非常放松，有说有笑的，我估计是因为他觉得很快就可以摆脱那贱人，然后跟表妹玛丽结婚了；但安穿一件淡绿色连衣裙，似乎紧张得脸色发青——她喋喋不休地扯着，像只发了疯的黑猩猩，什么偷儿呀，窃贼啊，还说现在晚上睡觉，如何在床边随时都要放把猎枪。据《时代》报道，大卫和安离开沃尔科特家的时间是午夜后过了一小会儿，他们抵家后——仆人都放假走了，孩子们也都在巴港的爷爷奶奶家——就各自进自己房间歇息。安当时的说法是——现在也是——她进房就睡着了，但不到半个小时，卧室门被打开的声音把她吵醒：她看见一个黑影——偷儿！她一把抓起双管猎枪，朝黑暗中一阵乱射，将两支枪管里的子弹打了个精光，然后打开灯，哇，吓死人啦吓死人啦，她发现大卫瘫在过道里，人早已冰凉。但警察看到的大卫并不在过道。因为他并不是在那地方，也不是以那样的方式被杀死的。警方发现的尸体是在玻璃壁的淋浴间，全身赤裸。水还在流着，淋浴间的门被子弹打得粉碎。"

"换句话说——"我插话道。

"换句话说"——艾娜夫人接过话头，却又打住，等着一个领班在老爱冒汗的苏莱先生的监督下，将福斯坦堡蛋奶酥用一把长勺舀出来——"安讲的没一句话是真的。天知道她指望别人相信的是什么鬼话；而实际上，他们到家后，大卫脱掉衣服去洗澡，她持枪尾随其后，透过淋浴间玻璃门，把他给杀害了。也许她想要说是小偷偷了她的猎枪，将他给杀了的。那样的话，为什么她不给医生打电话，不报警？相反，她却给她律师打电话。没错。然后她律师给警察打的电话。而又在那之后，他才给在巴港的霍普金斯老两口打电话。"

那神父在豪饮又一杯吉布森鸡尾酒；安·霍普金斯则脖子往前伸着，继续向他轻声忏悔。她光洁的手指在胸前轻轻地捻动着，好似在数着念珠，手指上没有涂指甲油，除了一个干巴巴的黄金婚戒，也没饰戴其他什么东西。

"但如果警方知道真相——"

"他们当然知道。"

"那么，我就不明白了她是如何逃脱惩罚的。难以理解。"

"我给你讲过，"艾娜尖刻地说，"她之所以能逃脱惩罚，是因为希尔达·霍普金斯想要她逃脱，是因为那些孩子：失去了父亲已经够悲剧了，如果母亲再被控谋杀，其结果会怎样呢？希尔达·霍普金斯，也包括老霍普金斯先生，都想让安免受惩罚；霍普金斯家族，在他们的地界上，有本事将警察洗脑，重新编织记忆，将尸体从淋浴隔间挪到过道里来；有本事操控审讯——审讯不足一天时间，大卫就被宣布为死于意外。"她抬眼望着安·霍普金斯和她的同伴——后者的教士额头因了那两杯鸡尾酒，已变得一片殷红，此时也没再听他主顾的叨叨哀鸣，而是目光呆滞而狂热地盯着肯尼迪太太，似乎随时可能发起癫来，抓起一张菜单求她签名。"希尔达的行为实在非同一般。简直无懈可击。任谁也不会怀疑说她并不真是一位充满爱怜，满怀悲情的保护者——对于这位刚经历了丧亲之痛的，绝对合法的遗孀而言。她举行任何晚宴，都要叫上这遗孀。我唯一想知道的，也是每个人都想知道的是——当她们独处的时候，就她们两个人，她们会谈些啥？"艾娜从自己的色拉中挑出来一叶比布生菜，将它穿在叉子上，透过黑色的眼镜，仔细地研究着。"至少在一个方面，那些有钱人，非常有钱的人，的确有别于……其他的人。他们懂得蔬菜。其他的人——噢，任何人都会烤牛肉，烤上好的牛排，烤龙虾。但你是否注意过，在非常有钱的人家里，不管是莱特曼夫妇家还是迪龙夫妇家，兔兔家还是女郎家，他们总是上最漂亮的蔬菜，而且品种繁多？青豌豆，极细极细的胡萝卜，米粒柔嫩得跟刚出生的婴儿似的玉米棒子，比老鼠眼睛还细的利马豆，还有鲜嫩的芦笋！比布生菜！生的红蘑菇！密生西葫芦……"香槟开始在艾娜夫人身上起作用了。

马陶太太和库珀太太慢慢悠悠地滤着咖啡。"我知道，"马陶太太低声分析着一名午夜电视丑角/主角的妻子，"婕恩太爱出风头啦：那么多的电话——上帝呀，她可以给应愿热线打电话，一聊就是一个小时。不过她很聪明，反应很快，如果你想想她都要忍受怎样的事情。她告诉我的最后这件事：真让人恐惧。嗯，波比放假一周，不参加演出——他太累了，他告诉婕恩说他想就这样待在家里，整星期都穿着睡衣在家里消磨，婕恩听了简直欣喜若狂；她买了成百上千种的杂志、书籍和最新的唱片，还从格拉斯之家买回来各种各样好吃的。噢，这将会是怎样美好的一周啊。只有婕恩和波比，睡觉，上床，吃鱼子酱烤土豆早餐。可是才一天他就人间蒸发了。晚上既不回家也没个电话。这已经不是第一次了，上帝呀，可婕恩还是急疯了。但她又不能报警；不然这就闹大了。又过了一天，还是没一个字的音信。婕恩有四十八个小时都不曾合眼。大约凌晨三点钟，电话响了。波比。醉醺醺的。她说：'上帝呀，波比，你在哪儿？'他说他在迈阿密，她气急了，说，你他妈怎么去的迈阿密，他说，哦，他去了机场，坐飞机去的，她说去他妈做啥，他说只因为想要一个人待着。婕恩说：'你真就一个人吗？'波比这个人，你看他笑得跟越橘似的，内心里却十足一个施虐狂；他这时说道：'不。还有一个人躺这儿。她想要跟你聊聊。'紧接着，电话那边传来一个用过氧化氢漂白过的小细嗓子，在那边战战兢兢地咯咯傻笑：'真的呀，真是巴克斯特太太吗，嘻嘻？我原以为波比是在逗我玩儿呢，嘻嘻。我们刚才听收音机上说纽约那边在下雪——我是说，你该跟我们一起来这里，这儿九十华氏度呢！'婕恩说——每个字都说得斩钉截铁——'我病得太厉害，恐怕没法出远门。'这过氧化氢声音里飘动着满满的忧虑：'哦，哎哟喂，听到这我真难过。怎么了嘛，宝贝儿？'婕恩说：'我患了双倍的梅毒，还加上以前的淋病，这一切都是拜那个伟大的喜剧演员，我的丈夫波比·巴克斯特所赐——如果你不想也染上这些，我奉劝你从那地方滚蛋。'"然后她挂断了电话。

库珀太太被逗乐了，不过也不尽然；她很是有些疑惑。"怎么有这样逆来顺受的女人呀？换作我会跟他离婚。"

"你当然会。不过，你有两样东西是婕恩所没有的。"

"哦？"

"其一：票子。其二：身份。"

· · ·

艾娜夫人又叫了一瓶水晶香槟。"怎么啦？"见我关切的神情，她凶巴巴地质问道。"放心好啦，琼斯儿。你不用扛我回去。我就喜欢这感觉：把一天敲打成金色的碎片。"于是，我想，她这是要告诉我她既想说，又不想说的事情了。然而非也，还没到时候。她说的却是："你要不要听一个真正龌龊的故事？真正够恶心的故事？那你往你左边看。坐在贝琪·惠特尼旁边的那头母猪。"

她的确有点像头猪，肉滚滚的健壮身形，一张在巴哈马群岛晒红的雀斑脸，一双斜眼睛透着自私的光；看样子她似乎穿粗花呢奶罩，经常打高尔夫。

"州长夫人？"

"州长夫人，"艾娜点了点头，一面用忧郁又鄙夷的神情望着那相貌平平的野兽——前纽约州长的合法配偶。"信不信由你，不过真有一位在这世间所有穿裤子的人当中魅力值名列前茅的朋友，曾经每次看见那长得像头牛的拉拉，就那东西翘得老高。西德尼·迪龙——"那名字，从艾娜嘴里发出来时，嘶嘶如爱抚。

没错。西德尼·迪龙。企业集团领袖，多位总统的顾问，凯特·麦克劳德的旧情人。我记得曾顺手捡起一本销量仅次于《圣经》和《罗杰谜案》的书，那是凯特的最爱——伊萨克·迪内森的《走出非洲》；书页中掉出来一张宝丽来照片，上面一个游泳者，站在水边——一个瘦高结实、体型匀称的男人，毛茸茸的胸脯，一张坚毅的犹太人的脸庞，亮晶晶的，开心地笑着；他游泳裤卷到膝盖，一只手性感地撑在跨侧，另一只手在泵着一根深黑硕大，让人垂涎欲滴的鸡巴。照片的背面有一行说明文字，是凯特那男性化的笔迹：西德尼。加尔达湖。去威尼斯途中。1962 年6 月。

"迪尔和我常常是无所不谈。他跟我做了两年情人，当时我刚走出大学校门，在《时尚芭莎》上班。唯一一件他特地求我不要重提的事，就是关于这位州长夫人的事情；跟你说这些我也真是发贱，也许我本来不会说的，要不是我酒杯里这些升腾的幸福泡泡——"她举起手中的香槟，透过那些快活的气泡，眯缝着眼盯着我。"先生们，这问题是：为什么一个受过良好教育，活力四射，又那么有钱，裆里夹着那么大一根老二的犹太人，会为一个四十号尺码，穿平跟鞋，用薰衣草香水的白痴新教徒发疯呢？尤其是他还娶了克丽奥·迪龙这位在我看来世间最最美丽的人儿，她一直都是，只是在十年前的嘉宝之后（碰巧，昨天晚上我在巩特尔家见着了她，我得说，那整个的造型都给人一种饱经风霜的感觉，看上去干裂又漏风，像一座废弃的庙宇，像遗失在丛林里的吴哥窟；不过，如果你一辈子大部分时间里都只爱自己，而且还爱得三心二意，其结果便是这样）。

"迪尔现在六十多了；他仍然想要哪个女人都不会有问题，然而这么多年来，他却一心迷恋着那边那头猪。我敢说他从来没真正弄明白这种超级变态的心理，没明白其中的缘故；或者即使他明白，也从来不会承认，哪怕是面对心理分析师——这也是一点！迪尔看心理分析师！像那样的男人，从来就没法分析的，因为他们认为没有第二个男人能与他们匹敌。至于州长夫人，对于迪尔而言，她不过是一个活的集合体，囊括那将他拒之门外的一切，那任他使尽浑身解数，任他如何有钱，却因为他是犹太人而将他排斥在外的一切：网球俱乐部，赛马俱乐部，高尔夫俱乐部，怀特绅士俱乐部——所有那些地方，他永远也别想在一张双陆棋桌子边坐下来，所有那些高尔夫球场，他永远也别想碰一下球——大沼泽，塞米诺尔，少女石，圣保罗，圣马克，如此等等，这些神圣的新英格兰私立小学校，他的几个儿子也永远别想进得去。不管他承认不承认，这就是为什么他想要操那个州长夫人，拿那洋洋得意的猪下体为自己复仇，想搞得她大汗淋漓，像猪一样嚎叫，爹爹爹爹直叫他。不过，他保持着适当距离，从不表现出对那女士有任何兴趣，而是静候时机，等待所有星宿都在各自所属的星座上就位。机会来得突如其然——一天晚上，他去考利斯家参加一场晚宴；克丽奥去波士顿参加婚礼去了。晚宴上，州长夫人坐在他旁边；她也是一个人来的，州长去什么地方竞选去了。迪尔插科打诨，妙语连珠；她则坐那里一对死猪眼，面无表情，可是迪尔拿腿跟她的腿蹭，她却似乎一点不觉得意外，而且迪尔问是否可以送她回家时，她只是点点头，并未表现出多大热情，不过那种决意的态度却让迪尔觉得，无论自己有什么提议，她都已做好十足的准备。

"那时候，迪尔和克丽奥住在格林威治镇；他们卖掉了自己在江山多娇的别墅，只在皮埃尔酒店有一个两室的歇脚处，就一间客厅加一个卧室。从考利斯家出来后，他在车上建议去皮埃尔酒店歇一会儿，喝杯睡前小酒，他想也听听她对自己新买的博纳尔画作的意见。她说她很乐意发表自己的看法；那白痴为什么就不能有看法呢？她老公不是现代艺术博物馆理事会成员么？她在看画的时候，迪尔说给她倒杯饮料，她说她想喝白兰地；她小口地抿呀抿，隔着咖啡桌与迪尔面对面坐，他们之间啥事儿也没发生，只是她突然变得像个话包子——她说起萨拉托加的马市，还有她在来佛礁跟霍尔登医生一个洞接一个洞地打高尔夫球；她说起琼·培森打桥牌赢了她多少多少钱，她自小姑娘时的牙医如何死了，如今她都不知道拿自己牙齿怎么办；哦，她喋喋不休直说到将近两点钟，迪尔不住地看手表，不仅是因为他已经累了一整天，而且心中着急，还因为他预计着克丽奥可能乘坐早班飞机从波士顿回来：她说过要赶在他去上班前，在皮埃尔酒店见着他。因此，当她继续叽里咕噜地说着牙齿根管治疗时，终于，迪尔直接打断了她：'对不起，亲爱的，不过你想上床不想？'贵族到底是贵族，即使是最最愚蠢的，他们骨子里也有着某种优雅格调；因此，她耸耸肩——'唔，行吧，我想可以'——就好像一位女店员问她是否喜欢一顶帽子的款式。面对那熟悉老套，厚颜无耻的犹太式强行推销，她仅仅是勉强妥协了而已。

"在卧室，她叫迪尔不要开灯。她态度非常坚定——从后来发生的情况看，你还真不好指责她。他们摸黑脱了衣服，她动作之慢，似乎一辈子也脱不完——解纽扣，解系带，拉拉链——整个过程没说一句话，除了评论了一句迪龙两口儿显然是同睡一张床，因为屋里就只有一张；迪尔告诉她说的确如此，说自己依恋性比较强，是一个长不大的孩子，没什么柔软的东西依偎着，就睡不着觉。州长夫人却既不依偎，也不亲嘴。亲吻她吧，据迪尔讲，就像是同一头腐烂的死鲸鱼玩索吻游戏：一点不假，她的确需要一位牙医。任迪尔招数用尽，也激不起她一点热烈的反应——她就那样躺着，一动不动，就像一名传教士，让一帮汗流浃背的斯瓦希里人一个接一个地强奸那样。迪尔高潮不起来。他感觉好似在一个奇怪的小水塘周围扑腾，四周太滑，他的手怎么也抓不住。迪尔心想也许不如给她来个口活儿吧——但正当迪尔要有此举动时，她一把揪住迪尔头发，把迪尔拎开：'不不不不，看在上帝的分上，不要这样！'迪尔只好放弃，他翻滚起身，说：'我猜你不想给我来口活儿吧？'她懒得回答，于是迪尔说行，好吧，就帮我手淫搓出来，我们就算两讫了，好吗？但她已经从床上起来，她告诉迪尔请他不要开灯，求他了，她说不要，不必送她回家，叫迪尔待在原处别动，自己睡觉。迪尔躺在床上，听着她穿衣，一面伸手去抚弄自己的下身，他感到……感到……他猛地跳起来，啪地打开灯。他那整个行头感觉黏糊糊的，一种怪怪的感觉。似乎上面覆满了血。确实如此。床上也是。被单上满是巴西果大小的斑斑血迹。州长夫人刚好拾起手袋，打开门，迪尔说：'这他妈什么东西？你怎么能这样子？'但他马上明白为什么了，不是州长夫人告诉他的，而是因为州长夫人关门时向他投过来的那一瞥：就如卡里诺——老埃尔默餐厅那位残忍的服务生领班——领着一个蓝套装，棕鞋子的大老粗①，前往位于西伯利亚的一张餐桌。她戏弄了迪尔，并惩罚他那犹太人的自以为是德行。

"琼斯儿，你不想吃啦？"

"这于我的胃口没多少助益。这话题。"

"我警告过你的，这故事有点醒脏。而且我们还没讲到最精彩的部分呢。"

---

① 在英美文化中，正式场合下蓝色西服不能搭配棕色皮鞋，而应当配黑皮鞋。

"行。我准备好啦。"

"不，琼斯儿。要是让你恶心，就不讲啦。"

"让我试试看，"我说。

　　肯尼迪太太和她妹妹已经离去；州长夫人正往外走，苏莱满脸笑容，朝着她宽屁股的背影频频点头哈腰。马陶太太和库珀太太还在，不过都很沉默，她们正竖着两只耳朵听我们说话；马陶太太正捏揉着一瓣掉落的黄玫瑰花瓣——当艾娜重拾话头时，她手指突然僵住了："可怜的迪尔还没意识到他麻烦的严重程度，直到把被单从床上扒下来，才发现没干净的可换。克丽奥，你知道，用的是皮埃尔酒店的被单，她自己的一样也没带过来。此时是凌晨三点钟，他没理由叫客房服务：他怎么说，他如何解释在这个时候被单不翼而飞了？更糟糕的是，再过几个小时，克丽奥就将乘飞机从波士顿回来，无论迪尔如何设法遮掩折腾，他也永远难保不留下一些蛛丝马迹，不被克丽奥发现；他真的非常爱她，上帝呀，要是克丽奥看到床上的样子，他如何解释？他冲了个冷水澡，想看看能否给哪位老伙计打个电话，请他赶紧过来帮忙换一下被单。其中当然有我；他信任我，可我当时在伦敦。还有就是他的贴身老男仆沃德尔。

沃德尔对迪尔非常痴迷，二十年里委身为奴，就为每次迪尔洗澡时能给他抹香皂；但沃德尔老了，患了关节炎，迪尔不可能从格林威治镇打电话给他，叫他大老远一路开车进城里来。然后，他又想到自己的一百个朋友，可这些人都非知己，不是半夜三点可以给打电话的那种。在他自己公司，他雇有六千多个人手，但所有这些人都只敢叫他迪龙先生。我是说，这老兄感到自己好不可怜。于是，他倒了一杯纯正浓烈的威士忌，开始在厨房里翻箱倒柜找洗衣皂，可是什么也没找到，末了，只好拿了一块法国娇兰阿尔卑斯之花香皂——拿它洗被单。他将被单泡在滚烫的浴缸里。搓啊搓。洗了又搓，搓、搓、搓。就这样，这位强大的迪龙先生双膝跪地，像一个西班牙农民，在河岸边捶打着被单。"

"五六点钟，他全身大汗淋漓，感觉就像陷在桑拿室里；他说第二天他称了一下体重，降了十一磅。待被单终于白得让人放心时，天已大亮。可还是湿的。他心想是否挂到窗外会有些帮助——或者只会招来警察？最后，他想到用厨房烤箱烘干。那是一只宾馆用的那种很小的烤箱，但他还是把被单塞了进去，将温度开到一百五十度，开始烘烤，被单的确给烘了起来，老弟：又是冒烟，又是蒸汽腾腾——那狗杂种将被单从里面拉扯出来，手又被烫了。此时已经是八点，已经来不及了。因此，他认定了此时已经无计可施，只能把热气腾腾、湿漉漉的被单铺在床上，然后钻进去祈祷。在他打鼾的时候，他真的是在祈祷。他醒来时，已是中午，梳妆台上有克丽奥留下的一张字条：'亲爱的，你睡得那么沉，那么香甜，所以我踮着脚尖进屋来，换了衣服，就去格林威治镇了。快回家来哦。'"

库珀和马陶两位太太已听了个尽兴，扭扭捏捏地准备离开。

库珀太太说："亲—亲爱的，下午在帕克·伯内特有一个最精—精—精彩的拍卖会——卖哥特式挂毯。"

"我跟这哥特式挂毯，"马陶太太问道，"有什么鸟关系？"

库珀太太答说："我是想可能会很好玩的，像在海滩上搞野炊那样。你知道，把它们一件件摆在沙滩上。"

艾娜夫人从手袋里取出一个白珐琅做成的宝格丽梳妆盒，上面闪烁着星星点点的小片钻石，让人想起雪花片片。她开始用一个粉扑往脸上扑粉，从下巴开始，到鼻子，接着，我看到，她正往那副黑眼镜的镜片上扑粉。

于是我说："你这是干吗，艾娜？"

她说："该死！该死！"然后取下眼镜，用餐巾抹眼镜。一滴眼泪滑落下来，像一粒汗珠驻留在鼻尖上——这可不雅观；还有她的眼睛也是——红红的，因为没睡好再加上哭过，布满了血丝。"我正要去墨西哥办离婚。"

真不曾想这个会让她不开心；她丈夫是英国最为端庄高贵的讨人烦，这是一项雄心勃勃的成就，如果你想想这竞争之激烈的话：德比伯爵，马尔伯勒公爵——仅列出此二人便已足够。艾娜夫人肯定就是这样想的；不过，我还是能理解艾娜嫁给他的理由——他很有钱，从技术上来讲是个活人，还是一杆"好枪"，并因此在狩猎界——亦是讨人烦的瓦尔哈拉——坐拥头把交椅。而艾娜……艾娜四十出头，离婚无数次，因为跟罗思柴尔德有过一段情事，而罗思柴尔德却只意在待她为情人，觉得她不够庄严体面而没想与她结婚，艾娜因此心灰意冷。因此，当艾娜从苏格兰狩猎归来，并与库尔伯思伯爵订婚后，她的朋友们都舒了一口气；是的，那人一点没幽默感，毫无趣味，像倒出来太久的波尔图葡萄酒那样酸不溜秋的——不过，任你怎么说，这到底是个金主。

"我知道你心里在想什么，"艾娜说此话时，已更是泪水涟涟。"要是我能妥善处理好这事情，就该恭喜我了。我不否认库尔很难处。就像跟一副盔甲生活在一起。但我的确⋯⋯感到安全。平生第一次，我感觉自己找到一个不太可能失去的男人。换了谁还会要他呢？然而我现在终于明白了，琼斯儿，你且听好了：总会有人虎视眈眈盯着别人的老男人。总会有。"一阵由弱渐强的打嗝声打断了她的话：苏莱先生噘着嘴，正从隐匿的远处往这边观望。"我太粗心了。太懒了。可我的确是受不了苏格兰那边潮湿的周末，还要听着子弹在四周嗖嗖地飞，因此他开始一个人出去了，而没过多久，我就开始注意到他每去一个地方，埃尔莎·莫里斯也必定跟着去——无论是去赫布里底群岛打松鸡，还是去南斯拉夫猎野猪。甚至去年十月，佛朗哥举办大型的狩猎会，她也腆着脸跟着去了西班牙。但我并没有很在意——埃尔莎有一手好枪法，但她也是一枚冷冰冰的四十岁老处女；我至今仍想不明白，库尔怎么想要往这样锈迹斑斑的内裤里钻。"

她的手摸索着伸向自己的香槟杯，却没抵达目的地，而是在中途颓然落下，像一个醉汉，突然一头瘫倒在街头。"两周前，"她开始说，语调沉缓，蒙大拿口音也愈加明显，"当时库尔和我正飞往纽约，我就意识到他一直死死地瞪着我，像，嗯—，蛇蝎一样紧绷着脸。通常他的样子都像一只鸡蛋。当时才是上午九点；不过，我们却已在喝飞机上那种令人作呕的香槟了，而且我们喝完了一瓶，我发现他还在看着我，像要……杀人……的样子，我于是说：'有啥烦心事吗，库尔？'结果他说：'没什么，只需跟你离婚就可以治好。'想想他这有多恶毒！在飞机上冒出这样的话！——而你们两个人却要黏在一起几个小时，不能转身走开，不能大喊大叫。而且双倍恶毒的是，他明知道我特怕坐飞机——他明知道我服了好多的药片，喝了好多的烈酒。就这样，现在我要去墨西哥了。"终于，她的手寻回了那杯水晶香槟；她叹了口气，那声音萧索如秋天里翻飞的落叶。

"我这类的女人需要一个男人。不为做爱。哦，我喜欢痛痛快快地做梦。但我已经做得够多的了；没那个我现在也能活。但没男人我活不了。像我这样的女人没什么别的兴趣焦点，没其他办法来安排我们的生活方式；即使我们恨他，即使他是铁脑袋棉花心，至少也强过这样脚下没根的单身日子。自由可以是人生中最重要的东西，但太过于的自由却又是另外一回事。我现在处于一个不饶人的年龄，我无法重新去面对那一切，那漫长的狩猎，通宵达旦坐在埃尔摩洛哥夜总会或安娜贝尔夜总会，跟某位肥佬浸泡在鸡尾酒的海洋里。所有那些姊妹伙兄弟伙都叫你去参加他们那些一本正经系上黑领结的宴会，但他们并不真想要一位多出来的女宾，还得处心积虑地考虑上哪儿能为艾娜·库尔伯思这样人老珠黄的娘们儿额外觅得一位'合适'的男人。好像在纽约真有什么额外的合适男人似的。或者伦敦。或者蒙大拿的比尤特，如果要较真的话。他们全都是同志。或者应该是同志。我告诉玛格丽特公主说，她不喜欢同志男可就太不幸了，因为那意味着她晚年将非常的孤独难熬，我说的就是这意思。唯一对历经世事的老女人好的，就只有同志男；我喜欢他们，我一直如此，可我并不真有心全职做某个男同志的姘头；我宁愿是要女同志。

"不，琼斯儿，那个从来不曾在我的剧目单上，只是我能看出，它对于我这年龄的女人的诱惑，对于那种忍受不了孤独，需要安慰与仰慕的女人的诱惑：一些女同志很擅长这一手。没什么比一个精致小巧的女同巢穴更让人觉得舒适或安全的了。我记得当时在圣达菲看到了安妮塔·霍恩斯宾。我真是好嫉妒她。不过我从来都嫉妒安妮塔。在莎拉劳伦斯学院，我大一时，她已经大四。我觉得没有人不为安妮塔着迷。她不漂亮，甚至也不乖巧，但却是如此聪慧，如此的大无畏，如此的纯净——她的头发，她的皮肤，她看上去总是像地球上的第一个早晨。要不是她如此的让人迷恋，要不是她那钻营的南方母亲一直推着她往上爬，我想她可能会嫁给一位考古学家，快乐一生，在安纳托利亚挖掘瓶瓶罐罐。但干吗要去掘出安妮塔不幸的过去呢？——五任丈夫，一个智障儿，崩溃了几百次，体重九十磅，这时她简直废人一个，被她的医生送往圣达菲。你可知道，圣达菲是美国的女同志之都？一如圣弗朗西斯科之于男孩，圣达菲亦是碧丽缇丝①的女儿们之天堂。我想是因为这里那些扮男人的女同志喜欢脚蹬马靴，身穿牛仔衣的缘故。那里有一位可人的女子，梅根·奥米根，安妮塔一遇见她，乖乖，就对上了眼。她唯一需要的就是有一对母亲一样的奶子可以吧嗒。如今，她跟梅根住在山麓丘陵地带一套布局凌乱的土坯房里，她看上去……双眼明澈，几乎跟我们一起上学时一模一样。噢，这小日子有一点儿平淡——松木炉火，印第安图腾人偶，印第安小地毯，两位女士在厨房里，为家制的玉米面卷和'完美'的玛格丽特鸡尾酒大呼小叫。可任你怎么说，这却是我所曾见过的最最温馨的家庭之一。好幸运的安妮塔！"

她猛地向前一蹿，像海豚要冲破海面，将桌子往前推开（弄翻了一只香槟杯），抓起手袋，说："马上回来。"然

---

① 《碧丽缇丝之歌》是一部以女同性恋为主题的情色诗歌集。

后歪歪斜斜地向巴斯克海岸餐厅那门上装有玻璃镜框的化妆室冲去。

虽然牧师和那杀手还坐在他们餐桌前，仍在一面低语，一面慢慢地抿着酒，但餐馆房间都已空了，苏莱先生也退场了。留下来的，只有那位衣帽间的女服务生和几个不耐烦地掸着餐巾的男服务生。餐馆服务员在复位桌椅，打理花朵，以备晚间客人光临。那是一种华美的倦怠气息，像一朵成熟、花瓣凋落的玫瑰，而等候门外的，唯有纽约那渐渐凋残的午后时光。